# 人生に迷ったら知覧に行け

流されずに生きる勇気と覚悟

永松茂久
Shigehisa Nagamatsu

きずな出版

プロローグ

# 自分の「これから」が見えないときに

「あなたは、いま幸せに生きていますか？」


こう問いかけられたら、あなたはなんと答えるだろうか？

この本は、この質問に、「イエス」と胸を張って答えることができない人に向けて書いた。

そして、読んだ後に、あなたに3つのものを手にしてもらいたい。

**その3つとは、「感謝」と「使命感」、そして「大切な人との幸福な時間」だ。**

いま、僕たちのまわりには物があふれ、必要なものは少々の努力をすれば、いや、それほど望んだりしなくても、手に入るようになった。

これは誰にでも共通することだが、あまりにも恵まれすぎると人はパワーを失う。人は、ある程度、お金やものなどの物的欲求が満たされると、次は精神的欲求、つまり心の充実を求めるようになるのだ。そして、いまはその真っ最中の時代だと言える。

果たして、いまの日本で「心から幸せを感じることができています」と胸を張って言える人は、どれくらいいるのだろうか？

学級崩壊《ほうかい》、企業の倫理欠如《りんりけつじょ》、核家族化による地域コミュニティーの衰退《すいたい》、そして理由なき殺人。テレビをつければ「これが本当に、ものに恵まれた幸せな国なのか？」と首を傾《かし》げたくなる状態だ。

まあ、これは大きく捉《とら》えると、社会問題の分野に入るので、ピンと来ないかもしれないが、もっと個人的なことで言うと、会社での人間関係のトラブル、これからの先行き不安、やりがいの欠如、喪失感《そうしつ》、満たされない自分の心、プチうつな精神状態、いまを生きる人たちは、こういった悩みがつきない。そして、やりたいことがわからなくなったり、未来へ対する希望を失ったりして、さまよっている人たちが多い。

僕自身もそうだった。

20代のとき、商売を始めてすぐに、先の見えない状況に陥《おちい》った。簡単に言うと「これからどうしていいかわからない」状態。思いっきり人生に迷っていた。

そんな僕に、光をくれた人たちがいた。

**それは単なる机の上での理論や、いまの自分のレベルや目線で生き方論を語る成功者ではなく、実際に僕たちより過酷《かこく》な時代に生まれ、20歳そこそこで命を散らさざるを得なかった若者たちだった。**

誰にでも心の中に大切な人がいる。しかし、いくら大切にしようと思っても、自分自身がしっかり自分の足で立っていない状態では、人のことは思えない。

そして、いまの世の中は、どちらかというと、「人のことよりも、自分のことを考えなさい」という「空気」が蔓延《まんえん》している。

もちろん自分のことを考えるのは大切なことかもしれないが、それが行きすぎて、「まわりのことなどどうでもいい」という言葉を普通に発する、エゴイスティックなゾーンまで来てしまっているように思える。だからいつまでたっても幸せになれない。

詳しくは本章で書くが、じつはあなたの悩みの一番の原因は、その「空気」が生み出したものなのだ。


本文に入る前に、もう一つ伝えておきたい。

**この本では、いまを生きる僕たちに100%やってくるものと向き合い、そしてしっかりと感じてもらうことになる。それは「死」だ。**

「重いなー」と思って、ここで本を閉じようが本棚に戻そうが、確実に僕たちは死ぬ。しかし、戦争もなく、食べ物に困らない現代の世の中で、「死」を感じることができる瞬間は少ない。こうして書いている僕ですら、実際に「死」というものが、はっきりとは自覚できてはいない。

**いきなり一つの結論を書くが、やりたいことを見つける一番の方法は、じつは、「自分の命は有限である」と知ることだ。**

残念ながら、そのゴールはほとんどの人にとって、いつ来るかわからない。しかも、そのゴールに向かって、「いま」という時間は確実に減っていく。その現実をかつての若者たちが教えてくれる。

本書は日本に生きるたくさんの人に読んでもらいたい。

しかし本を売るために、「厳しい現実は避けて伝えよう」とか、「やわらかく、わかりやすく伝えよう」とか、「こうすれば楽をして幸せになれる。成功者になれる」などという変化球やカーブは狙《ねら》わない。命をかけた人たちのことを書かせていただくこの本に、無責任な言葉は使えないのだ。

だから、著者としてというより、一人の日本人として、まっすぐに書かせてもらうことにする。

そのために重い部分もあるかもしれないが、この本を通じて、もし、あなたが、かつての日本人の意志や生きざまを、頭でなく、心で捉えることができれば、あなたの人生は確実にいい方向に変わりはじめることを約束する。
そして、あなたの中にある「自分が本当にたどりつきたい未来」をはっきり自覚できる方向に進みはじめることを約束する。

マインドセットはできただろうか？

さあ、始めよう。

人生に迷ったら知覧に行け　目次


プロローグ　自分の「これから」が見えないときに……1

いま、なぜ「知覧」なのか


第1章

# 人生の指針を見失ったとき


パワーキーマン、パワースポットはありますか？……16
日本最南端の特攻基地「知覧」……20
特攻隊との衝撃的な出会い……24
ところで、あなたはどう生きる？……27
現代とは違った当時の価値観……30

小さな愛の物語……33
未来を生きるあなたに伝えておきたいこと……36
流されて生きるか、意志を貫いて生きるか……42

# 第2章 愛する人を守る

## 特攻隊員と特攻の母、そして知覧の物語

特攻隊員と特攻の母……48
「ずっと元気でいてください」……52
「残りの命をおばちゃんにあげるよ」……56
命をかけたリーダーの「覚悟」……59
彼らはいかにして「死」に臨んだのか？……64
自由であるということ……68

最後の約束 …… 78
「ホタル帰る」 …… 82

# 第3章 覚悟を決める

## その後の知覧の護り人たち

たとえ世の中の流れが変わっても …… 88
「なぜ生き残ったのかを考えなさい」 …… 92
特攻隊員の本当の姿 …… 96
変わっていく夢と覚悟 …… 99
「語り継ぐ」という責任 …… 102
天命を知るということ …… 105
命よりも大切なこと …… 109

第4章

# フォー・ユーの精神で生きる


知覧の桜の木の下での誓い

人生に迷った若者たち、知覧に行く …… 114
桜の下に降ってきた答え …… 118
「フォー・ユー」に気づいた「フォー・ミー」軍団の誓い …… 121
本物の語り部と出会う …… 124
「一人の知覧」から「みんなの知覧」へ …… 127
現代で生きる35歳の女性の「覚悟」 …… 131

第5章

# いまを生きる僕たちにできること

過去から渡されたタスキを受けとって生きる

講演活動を通して気がついたこと …… 140
日本《クニ》を愛するって悪いことですか？ …… 143
美化って何だろう？ …… 147
家族のために？　国のために？ …… 150
優しさを我慢するな …… 155
「個」を超えなければいけない瞬間がある …… 159
戦後の経済発展をつくった教育とは？ …… 163
意志を継ぐということ …… 166
歴史を知った人間が覚えておくべきこと …… 172

タスキを受けとった走者たちへ……175
自分のためだけに生きるか？　意志を継いで生きるか？……178

エピローグ

未来へ……181
新装版あとがきにかえて——たとえ私が死んだとしても……188
参考文献……187
知覧のご案内……194

人生に迷ったら知覧に行け
流されずに生きる勇気と覚悟

永松茂久

本書は二〇一四年に出版されました。
本書で紹介する遺書は、現代仮名遣いで表記させていただきました。

# 第1章

# 人生の指針を見失ったとき

いま、なぜ「知覧」なのか

# パワーキーマン、パワースポットはありますか？

一つ質問したい。

あなたは、道に迷ったとき、これから先がまったく見えなくなったときに元気をくれる場所はあるだろうか？　方向性を指し示してくれる人はいるだろうか？

そういったパワーキーマン、パワースポットがあると、人は強くなれる。

僕にもそういう場所がある。そして、そこで待ってくれている男たちが、いつも僕に勇気と生き方を教えてくれる。

26歳のとき、たこ焼き屋の行商から商売を始めたのだが、始めて1年そこらでもう先が見えなくなってしまった。結婚したてで、子どもも生まれたばかりだというのに、今日明日食べるのに精一杯。スタッフたちに未来を示してやることもできない。口にこそしないが、家族やスタッフたちもどんどん不安になっていくのが目に見えてわかる。そんなときのことだった。

たまたま鹿児島に行商に行き、そのときの宿舎のサービステレビで映画が流れていた。それは生き残った特攻《とっこう》隊員を描いた作品だった。

その映画を見たときに、ある言葉を思い出した。それは、僕が商売を始める2年前に他界した祖父が、いつも僕に言ってくれていた言葉だった。

「茂久、おまえは商人になるんだろ。たぶん、最初は大変だぞ。おまえが思っているほど簡単じゃないからな」

「じいちゃん大丈夫。なんとかなるよ」

現実の厳しさがわかっていない僕はこう嘯《うそぶ》いて、祖父の話を本気で聞いてはいなかった。

**「まあ、始めればわかるよ。でもな、もし人生の道に迷ったら鹿児島の『知覧《ちらん》』に行け。必ず何かが見えてくる。そこにはな、じいちゃんの仲間たちがいるから、挨拶《あいさつ》しておいてく**

**れよ」**

そう言って、僕に古い新聞を見せた。

そこにあったのは特攻隊員たちの名前だった。１９４０年代、太平洋戦争（大東亜戦争のことを、本書ではこう書きます）の末期に、大切な家族やふるさと、そして日本を守るために沖縄に向け飛んでいった若者たち、特別攻撃隊、いわゆる特攻隊員の名前が記されていたのだった。

いくつかの名前には、赤鉛筆で「○」がついていた。自分と同窓の友人たちの名前に、祖父が印をつけたものだった。

僕の祖父は陸軍幼年学校、陸軍士官学校の出身で、戦時中は満州（現在の中国東北部）にいた。航空部隊に配属されたこと、そこで散っていった仲間たちのことを、僕が幼い頃からよく話してくれた。そのときに必ず言うことがあった。

**「人生に迷ったら知覧に行け」**

たまたま鹿児島に来て、祖父のこの言葉を思い出したのだった。

「明日の営業は抜けられそうだから知覧に行ってみようかな」

そんな軽い感じで、特攻隊員の遺書が展示されているという「知覧特攻平和会館」に行った。

果たして、そこで見たものは、僕が想像していたものとはまったく違うものだった。

そして、その場所が後に、僕の人生を根底から揺るがすものになるとは、当時の僕には知る由《よし》もなかった。

# 日本最南端の特攻基地「知覧」

ここで知覧について、少しだけ説明しておこう。

太平洋戦争が始まったのは１９４１年（昭和16年）。最初のうちは連戦連勝だった日本軍だが、翌年の１９４２年（昭和17年）のミッドウェー海戦で、戦局をひっくり返されるほどの大敗を喫《きっ》した。

開戦当初、日本の力を読み違えて負け続けたアメリカは、本国で圧倒的な量の武器、そして軍備や兵力の増強を図《はか》った。このミッドウェー海戦の勝利をきっかけに、アメリカは、次々と日本軍を壊滅《かいめつ》させ、東南アジア諸国を手に入れていった。

１９４４年（昭和19年）になると、サイパンやグアムを手に入れ、長距離爆撃機《ばくげき》B29による、日本本土爆撃の体制を完成させる。そして同年10月、天王山《てんのうざん》であるフィリピンの奪回《だっかい》に日本は失敗。ここからアメリカは一挙に日本本土に向け北上していった。

１９４５年（昭和20年）3月10日の未明、アメリカは手始めとして、東京を隈《くま》なく攻撃する絨毯《じゅうたん》爆撃を開始。この東京大空襲《くうしゅう》をはじめとして、日本の64都市がB29によって焼け野原となった。そして、ちょうどこの頃、１９４５年3月。アメリカ軍は沖縄の慶良間《けらま》諸島に全艦隊《かんたい》を集結させ、沖縄上陸作戦を開始させる。

兵力の差は歴然たるもので、劣勢《れっせい》の日本軍は、この大艦隊の輸送船や空母を、２５０キロ爆弾を搭載《とうさい》しただけの飛行機1機で撃沈《げきちん》させるという無謀《むぼう》かつ非情な戦法をとった。これが特別攻撃隊、つまり特攻隊だったのだ。

日本には他にも飛行基地はあったが、いちばん沖縄に近い場所、それが日本軍にとっては鹿児島だった。そして、その中でも最南端にあり最大の特攻基地が知覧だったのだ。

鹿児島には他にもさまざまな基地が存在する。万世《ばんせい》や国分《こくぶ》、宮崎南部の都城《みやこのじょう》、新田原《にゅうたばる》にも基地があった。

ちなみに、当時、特攻隊がいちばん飛んでいったのは、知覧とは錦江湾《きんこう》を挟《はさ》んで逆側の大隅《おおすみ》半島にある鹿屋《かのや》基地だ。こちらは海軍の主要基地としても有名だ。映画にもなった『永遠の0《ゼロ》』の主人公が最後に飛び立ったのは、この鹿屋基地という設定にされている。

陸軍のメイン戦闘機が「隼《はやぶさ》」。有名な「零戦《ゼロせん》」は海軍の戦闘機である。知覧をはじめ、陸軍から飛んでいった特攻隊は「陸軍特別攻撃隊」、そして海軍は「神風《かみかぜ》特別攻撃隊」と名づけられた。戦後、この区別はなくなり、一括《ひとくく》りにされ、「神風」と呼ばれるようになったが、正確にはこう区分される。

「沖縄上陸絶対阻止」

「敵に神州《しんしゅう》の土を踏ますな」

これが特攻隊員のスローガンだった。

「神州」とは「神の国」という意味だ。

ところで、「特攻」というと、飛行機の航空特攻が有名だが、他にも「戦艦《せんかん》大和《やまと》」をはじめとする海上特攻、潜水艦もろとも突っ込む「回天《かいてん》」など何種類もあるが、いずれも、そこに乗る隊員の命は攻撃とともに散ることに変わりがない。よくもまあこんな作戦を考えだしたものだと、知れば知るほど当時の状況に怒りと悲しみが湧いてくる。

知覧をさらに南に行き、指宿《いぶすき》を越えると、かつての特攻隊員たちが最後に見た日本の景色である開聞岳《かいもんだけ》が見える。僕はこの山を見るたびに涙が止まらなくなってしまう。

彼らはどんな思いで、この山の横を飛んでいったのだろうか。最後に見た空の向こうに、彼らはどんな未来を夢見たのだろうか。

# 特攻隊との衝撃的な出会い

知覧の特攻平和会館には、数えきれないくらいの遺書が展示されている。すべてを見ていると、おそらく1日では足りないくらいだ。祖父の言いつけ通り知覧に行き、そして遺書と向き合ったのだが、正直、そこに書かれている言葉は、僕が想像していたものとはまったく違った。

僕は、とにかく勇ましく、無敵な男を思わせるような遺書ばかりを想像していた。そういう遺書もあることはあったが、実際の多くは家族に向けられた、あたたかいメッセージだった。

年齢はほとんどが17歳から25歳くらいまで。その当時、僕は27歳だったから、自分よりも年下の男たちが書いたものだということが、僕にはより衝撃的《しょうげき》だった。

まず初めに驚いたのは、彼らの筆文字の美しさだった。

毛筆のお手本になるようなきれいな字で書かれているものが多く、「誰かが代筆したのかな？」と錯覚《さっかく》するほどだった。

そう言えば、祖父も字の達人だった。誰かに教えてもらったのかと聞いたことがあるが、「学校で当たり前のように習っていて、きれいに書くことなんか当時の常識だった」と言っていたのを思い出した。僕の字が下手なのを、祖父はいつも嘆《なげ》いていた。

次に印象を受けたのが、自分のことではなく、自分以外の他人に対する愛や思いやりにあふれていたことだった。

その遺書のほとんどが、出撃直前、長くても3日前までに書かれたもの。特攻の出撃が決まるということは、余命宣告《よめいせんこく》をされるのと同じことだ。

**「もし自分が明日、明後日までの命と決まったとして、この人たちのように、残された人**

**の心配をする余裕があるだろうか？」**

と自問自答してみたが、答えは瞬間的に「NO」と出た。

そして3つめ。それは遺書の前に飾られている特攻隊員さんの写真だった。

とにかく目が澄んでいるのだ。本当に20歳そこそこの男の目とは到底思えない。生きる希望や夢に対しての欲、すべてを捨て去って使命を全《まっと》うすると決めた男の目だ。

拙著『男の条件──こんな「男」は必ず大きくなる』にも書いたが、男は幾多の悲しみやつらさをぐっと堪《こら》えると、目が澄んでくる。彼らの顔は、まさにそれを証明していた。

それに比べて、いまの自分はどうか。自信を失い、何をやったらいいのかわからなくなっていた当時の僕の目は、おそらく透《す》き通った清流のような彼らのそれとは違い、台風のときに泥を巻き上げる濁流のように濁《にご》っていたと思う。

# ところで、あなたはどう生きる？

彼らの目にすべてを見透かされたようで、恥ずかしくなったことを昨日のことのように覚えている。

この日を境に、僕は特攻隊のことを調べはじめた。そうしてわかったことは、特攻隊員さんたちは、鬼でも狂信者でもない。普通に青春を過ごし、恋人を、そして家族やふるさとを愛し、未来に夢をかけた、ごくごく普通の若者たちだったということだった。

彼らは、時代の波に逆らえず、自分の命をかけて、大切な人の未来を、そして日本を守るため、その礎《いしずえ》となるために特攻へ行ったのだ。

初めて知覧特攻平和会館を訪ねたその日、僕は朝10時に入館したが、遺書を見た瞬間から涙が止まらなくなった。それは「感謝」や「感動」と言えるほど崇高《すうこう》な境地からあふれ出た涙ではなく、大切な人一人も守れていない、守ろうともしていない自分自身に対する情けなさから出た涙だった。

いくら時代が違うとはいえ、己《おのれ》を捨て、大切な人を守ろうとした男たちと、かたや自分のちっぽけなメンツにこだわって、小さな枠《わく》の中で自分を守ろうとしている男。勝負になるはずがない。まさに、コテンパンのぼろ負け。同じ男としての覚悟《かくご》のあまりの差に、情けなさの次は、腹立たしさが湧き上がってきた。

そんな感情に打ちのめされそうになりながらも、自分の中に一つの疑問が湧いてきた。

それは、「この人たちは命をかけて、何を伝えたかったんだろう?」ということだった。

そのときのメモ帳にこんな言葉を書き残した。それは、遺書の向こうにいる特攻隊員さんから、なんとなく、問いかけられたように感じたメッセージだった。

**「あなたの大切な人は笑っていますか?」**

**「僕たちが残したかった未来の日本はどんなふうになってる？」**

**「いま、日本はいい国ですか？」**

他にもいろいろメモしたが、どのメッセージに対しても、胸を張って「はい」と答えられるような自分はどこにもいない。

その一日、僕は、人生で最大級に、頭から冷水をぶっかけられたくらいの衝撃を受けた。「生きる」ということについて、あんなに考えさせられた日はなかった。そして、ノートの最後に特攻隊員さんから聞かれた（ように感じた）この言葉を書いた。

**「僕は男としてこういうふうに生きたよ。**

**ところで、あなたはどう生きる？」**

その問いの答えを探すために、知覧に通う日々が始まった。

# 現代とは違った当時の価値観

2013年の7月18日。僕は東京・原宿にある水交会という場所に行った。伊達《だて》智恵子さんという方のお別れ会に参列するためだった。

智恵子さんとの出会いは、毎年5月3日に知覧でおこなわれる知覧特攻基地戦没者慰霊《いれい》祭《さい》のあとの、当時の女学生たちの同窓会だった。

初めて知覧の平和会館に行って衝撃を受けたあの日から、足しげく知覧に通うようになったこと、そして年齢が若かったこともあって、僕は、知覧に縁《ゆかり》のある方たちから、かわいがっていただけるようになった。

ある方に紹介されたときに、「あなたも一緒にどう？　若い男の人がいるとみんな盛り上がるから」と、その会「知覧なでしこ隊」の同窓会に誘ってくれたのが、他ならぬ千恵子さんだった。

「知覧なでしこ隊」。これは特攻が激しくなった1945年春、知覧から飛んでいく特攻隊員さんたちのお世話役として駆《か》り出された、当時、中学生であった知覧高女の生徒さんたちの名称だ。つまり、当時いちばん近くで特攻隊員さんたちを見ていた人たちだ。

ただ、その中で智恵子さんだけは、なでしこ隊ではない。彼女は知覧から特攻に出撃した穴澤利夫《あなざわとしお》さん（当時20歳）の婚約者で、なでしこ隊の皆さんと交友があったため、その会に参加されていたのだった。

**「利夫さんや特攻隊員さんたちの意志は、ここまで届いているんだね。本当によかった。日本のためにがんばってちょうだい」**

智恵子さんは僕に、そんなふうに言ってくれた。でも、それだけの器が、いまの自分にはない。恐縮しながらも、その言葉は、僕の心の奥にずしっと刺さった。

こうして、なでしこ隊の方々との交流が始まってから毎年、数人の仲間たちをつれて、なでしこ同窓会に挨拶に行かせていただいた。

考えてみると、70代から80代のおばあちゃんたちの中に、30歳前後の小僧が一人。まあ、なんともおかしな図だ。でも、皆さんから、それこそ貴重なお話をどれだけ聞かせていただいたかしれない。

ある年の慰霊祭、僕たちのチームの中に一人だけ女性メンバーがいた。千恵子さんは彼女に、こんなことを言ったそうだ。

**「当時は日本人すべてが『命は国のために捨てるものだ』と教えられていたのよ。『何よりも命が大切』という、いまの時代に育ったあなたたちには、まったくわからない考え方かもしれないけどね。だから男の人だけでなく、女も毎日が生きるか死ぬかの真剣勝負だったの」**

そんな千恵子さんから聞いた、穴澤少尉《しょうい》のお話を紹介したい。

# 小さな愛の物語

特攻隊に関する、一枚の有名な写真がある。

沖縄に向け、知覧の飛行場を飛び立つ飛行機の操縦席から敬礼した特攻隊員と、桜の木の枝を振りながら、その姿を見送る女学生の写真だ。

この写真に写っている特攻隊員さんが智恵子さんの婚約者であった穴澤少尉であり、それを見送っている女学生たちが、なでしこ隊のメンバーだ。

この写真が撮られたのは1945年の4月12日。この約1ヶ月前の3月8日、穴澤さんは、隊長から特別休暇をもらって福島に帰郷した。

智恵子さんが都会の人間であるという理由で、結婚を反対されていたのだが、その日、両親から、やっと結婚の許しが出た。

　穴澤さんは大喜びで、翌9日には、さっそく東京の智恵子さんの家を訪《たず》ね、その報告をした。そしてその日、穴澤さんは目黒の親戚の家に泊まった。

　すると、皮肉にも、翌3月10日未明、死者8万人以上、東京の3分の1を焼き尽くした東京大空襲が起きた。つまり、ふだん離れればなれの二人は、この日、たまたま東京にいたことになる。

　智恵子さんの無事を心配する利夫さんは、まだ夜が明けないうちに親戚の家を飛び出し、智恵子さんの実家へと向かった。同じとき、利夫さんの身を案じる智恵子さんも、夜明けとともに利夫さんが泊まっている目黒の方向に歩いて向かう。なんと二人は、目黒にある大鳥《おおとり》神社のあたりで、バッタリと出会う。何の因縁かわからないが、僕は社会人になった20代の前半を大鳥神社前のマンションで過ごしたので、その話を聞いてフッとイメージが湧き、鳥肌が立ったのを覚えている。

　奇跡的に、そこで互いの生存を確認できた二人は、大宮の飛行場に帰る穴澤さんを送るために、二人で国電に乗り込んだ。ところが電車は、空襲のあとで避難する人々であふれかえり、あまりの混雑の息苦しさに、結局、二人は池袋駅で電車を降りてしまった。

この場所が、二人にとっての最後の別れの場となった。

ひと月後、千恵子さんのもとに利夫さんから手紙が届いた。それは、知覧から送られた千恵子さんへの最後のメッセージだった。

# 未来を生きるあなたに伝えておきたいこと

智恵子へ

二人で力を合せて努力してきたが、ともに生きるという約束は、ついに実を結ばずに終わった。未来への希望をもちながらも、心のどこかであんなにも恐れていた、永遠の別れが来てしまった。

先月の十日、次に会える日を楽しみにしながら、あなたと池袋の駅で別れたのだが、帰隊直後、我が隊を取り巻く情況は急転した。

それからというもの、自分は転々と任務地を変えつつ、多忙の毎日を送った。

そして今、晴れの出撃の日を迎えたのである。

便りを書きたい。伝えたいことは山ほどある。

しかし、そのどれもが今までのあなたのあたたかい思いにお礼をいう言葉以外のものが見つからない。

あなたのご両親様。お兄様。お姉様。妹様。弟様。みんな、いい人でした。いたらない自分にかけてくださったご親切、月並みのお礼の言葉ではおさまらないけれど「ありがとうございました」と、心の底からお伝えしたい。

今は無駄に過去における、自分とあなたとの長い交際のことにとらわれないでほしい。問題は今後にあるのだから。

常に正しい判断をもって、あなたは未来へ進んでいってほしい。

しかし、それとは別に、婚約をしてあった男性として、散っていく男子として、未来を生きるあなたに少し言っておきたい。

**「あなたの幸せを願う以外に何ものもない。**

**いたずらに過去にこだわるな。あなたは過去に生きるのではない。**

**勇気をもって過去を忘れ、将来に新しい希望を見いだすのだ。**

**あなたは、今後の一瞬一瞬の現実の中に生きるのだ。**

**穴澤は現実の世界にはもう存在しない」**


抽象的な言葉になってしまったが、これからあなたの人生に起こるさまざまな場面でこの言葉を忘れないでほしい。

決して自分勝手な、一方的な言葉ではないつもりである。

あくまで客観的な立場に立って言うのである。

当地は既《すで》に桜も散り果てた。大好きな若葉の季節がもうすぐこの場所に訪れることだろう。

今更何を言うかと自分でも考えるが、ちょっぴり欲を言ってみたい。
一、読みたい本「万葉」「句集」「道程」「一点鐘」「故郷」
二、観たい画　ラファエル「聖母子像」、芳崖「悲母観音」
三、智恵子　会いたい話したい無性に

今後は明るく朗《ほが》らかに。
自分も負けずに朗らかに笑って往《ゆ》く。

昭和二十年四月十二日

利夫

---

知らせを受けた千恵子さんは、列車に飛び乗って知覧まで行ったが、着いたときには、すでに穴澤少尉は飛び立ったあと。二人が会えることはなかった。

それから63年後、当時の思いを真っ正面から受けとめることができない千恵子さんだったが、「なでしこ隊」をテーマにした、とあるテレビ番組の企画で、福島にある穴澤少尉の実家を訪ねることになった。

その頃、僕はすでに千恵子さんのことを知っていたので、テレビの前でずっとその様子を見ていた。千恵子さんを迎え入れたのは穴澤少尉の実の弟さん。すると、なんとそこに当時、穴澤少尉が身につけていた軍服が出てきた。63年ぶりの再会。千恵子さんはたまらずに、その軍服に顔を押しつけて泣いた。

その場面はまるで、

「千恵子、元気にしてるか？」
「利夫さん、おかえりなさい」

――二人の声なき会話が聞こえてくるようだった。

その千恵子さんは、2013年5月31日、波乱に満ちた86歳の生涯を閉じた。
告別式の最後に、お兄さんが生前の千恵子さんの話をした。
勝ち気で一度思い立ったらすぐ行動に移すおてんば娘だったと言っていた。
優しかった穴澤さん、そしておてんば娘の千恵子さん。
二人は天国で会えただろうか。
最後に穴澤さんが残した日記の一文を紹介する。

「智恵子よ、幸せであれ。
真に他人を愛することができた人間ほど、幸福なものはない。
自分の将来は、自分にとってもっとも尊い気持ちであるところの、
あなたの多幸を祈る気持ちのみによって満たされるだろう」

# 流されて生きるか、意志を貫いて生きるか

穴澤少尉の遺書は、生き残って未来を生きる千恵子さんのことを最後まで案じていた。この遺書だけではなく、特攻隊員さんは男性であるが故に、とくに、残されていく恋人や母親のことを思った遺書が多い。

２０１３年の終戦記念日、知覧を舞台にした特攻隊のドキュメンタリー番組の制作を少しだけ手伝わせていただいたのだが、そのときに、特攻隊のことを調べて本にしている作家さんが、こう言っていた。

「生きていたかった。人間ですもの。でもね、『お母さん、死にたくないよ』と遺書に残してしまうと、お母さんは一生その思いを抱えて生きていかなければならなくなります。

『僕のことを誇りに思ってください』と書いたのは、いつか、息子は国のために役に立ったのだと納得すれば、母が、いつかまた前を向いて生きることができるようになるかもしれない。そんな優しさからの言葉だと思うんです。死を目前に控えて、それでもなお、残された人の未来を気遣《きづか》う。この精神性の高さには、心から脱帽します」と。

確かにそうなのかもしれない。この遺書については、戦後いろんなことを言われる。

「書かされた」「本心ではなかった」。

しかし、本当の気持ちは本人にしかわからないし、あとに残された人間がとやかく言うことではない。

逃げたくなる気持ちもあったと思う。しかし、自分が逃げると、ふるさとにいる両親や親戚が非国民としてののしられることになる。嘘みたいだが、そんな時代だったのだ。

実際に遺書を目にすると、行間からあふれる無念や愛、一言ではくくれない、いろんな感情が伝わってくる。

かつて特攻隊は「軍神《ぐんしん》」と呼ばれた。しかし戦後、「無駄死に」や「軍国主義の象徴」と一転して蔑《さげす》まれるようになった。

特攻という作戦、そして戦争は絶対に起こしてはいけないし、賛美《さんび》するものではない。

**しかし、時代の波の中で、地位や名誉、そして自分の未来を捨て、大切な人を守るために一瞬一瞬を命がけで生きた、そんな心優しき男たちがいたということ、そして、いま、僕たちが生きているこの日本は、特攻隊員さんをはじめ、戦争に行かれた方々、そして、戦後の焼け野原の中から、いまの経済発展を生み出してくれた日本の先人たちの土台の上に成り立っているということだけは忘れてはいけない。**

過去に起きた特攻の歴史、そして戦争の事実は変えられない。

そして、戦後、彼らを単に臭《くさ》いものにフタをするようにタブー化し、ずっと隅に置いてきた事実はしっかりと反省しなければいけない。

あの人たちを、そして土台になってくださった日本の先人たちが残した遺志を無駄にするのか、それとも光あるものにするのかは、いまを生きる僕たち一人ひとりによって決まる。

歴史は他人事ではない。

いまの時代もやがて未来に歴史となって語られることになる。

僕たちのいまは、分断されたものではなく、過去から未来へと一直線上につながっているのだ。

何もなさず、意志ももたず、流されるままに人生を長く生きることを選ぶのか、それとも、命を使ってなにごとかを為《な》し、死してなお、遺志を貫く生きざまを選ぶのか、それは「価値観」の違いによって大きく変わる。


どんなことが起きても地球はまわる。そして時間は未来に向かって流れていく。

その中で、どう生きていくのかが常に問われている。

日本に生まれた人間なら、一度は知覧に足を運んでほしい。

もちろん受けとり方は個人の自由だ。しかし、過去の功罪を論じるのは、ぜひ自分の目でしっかりと思いを感じてからにしてほしい。

特攻隊員さんたちの目には、いまの日本、そして同性の後輩である、僕たち日本の男性たちのことがどんなふうに見えているのだろう。

**あなたは過去から何を受けとり、そして未来に何を残しますか？**

第2章

# 愛する人を守る

特攻隊員と特攻の母、そして知覧の物語

# 特攻隊員と特攻の母

知覧を語るうえで絶対に外せない人、そして外せない場所がある。
鳥濱《とりはま》トメという人だ。そして、そのトメさんの営《いとな》んでいた富屋《とみや》食堂だ。

1945年3月。知覧は、終戦間近、陸軍最大の特別攻撃隊の出発拠点として選ばれた。知覧は、四囲を山林に囲まれた広大な野原の広がった地域であり、米軍の空爆を受けにくい土地であったことも、選ばれた理由といわれている。

その知覧に集まってくる少年飛行兵たちのオアシスになった場所、それが富屋食堂だった。トメさんは、とにかく困った人を放っておけない性格で、戦前から知覧の町のために、自分自身を犠牲《ぎせい》にしても、できることは何でもやるという人だった。そのため、警察署や、役場にとっても、信頼の厚い重要な人物だった。

1941年に、飛行学校（正式名称　大刀洗《たちあらい》陸軍飛行学校知覧分教所）、要は若者たちの飛行機の練習場がつくられた。そのときに、練習生たちが行く、軍指定の食堂を推薦してくれと依頼があったとき、町はためらうことなく、トメさんの富屋食堂を推薦したのだ。

最初は飛行機の練習で知覧に来たその少年兵たちが、後世に残る世界で唯一の特別攻撃隊になるなどとは、誰が想像しただろう。

そして、その集《つど》い場となった食堂のおかみさんが、後世「特攻の母」と呼ばれ、たくさんの日本人たちを癒《い》やす「日本のマザーテレサ」となるのだが、そのことをいちばん想像していなかったのは、当のトメさん自身であったと思う。

過酷な訓練に明け暮れる少年兵。彼らのために、ときには「本日休業」の札を出して、食堂からつながる家すべてを開放することもあったという。

トランプや将棋をする若者、「遠慮しなくていいから食べたいものを何でも言ってごらん」という言葉に、甘えて注文する若者、そこにあった五右衛門風呂に入る若者、本人がいやがらなければ、トメさん自ら彼らの背中を流してやることもあった。

こうして集まってくる彼らに惜《お》しげもなく、お腹いっぱい食べさせ、いろんな思いを聞いてくれるトメさんのことを、少年兵たちはまるで自分の母のように慕《した》い、そしてやがて母以上の存在と思い込むようになった人間も少なくなかった。

晩年のトメさんはこう回想している。

**「あの子たちは本当にかわいくてねえ。**
**こんないたいけな子どもたちが、まもなく飛行機に乗って戦争に行くのかと思うと、本当に不憫《ふびん》でならなかったのよ。**
**だからね、できるだけお母さんしてやりたいと思ったものだよ」**

母親がわりが欲しい少年兵たち、母親がわりになりたいトメさん。

この関係がいつまでも続いてほしいとトメさんはそう思っていたが、残念ながら、時代はそうはさせてくれなかった。

飛行学校を卒業した飛行兵たちは、配属先の戦地へと散っていった。そして数年後、その飛行兵たちは戦争を経験して、たくましくなって戻ってきた。しかし、こんどの知覧の滞在は、長くて2～3日。特攻隊として飛び立つために、最後のジャンプ台であるこの地に戻ってきたのだった。

少年兵の母は、特攻の母に変わっていった。そして、特攻隊員とトメさんの、儚《はかな》くもあたたかい物語が、ここから始まったのだった。

# 「ずっと元気でいてください」

トメさんには二人の娘がいた。長女を美阿子《みあこ》さん、次女を礼子《れいこ》さんといった。戦時中、美阿子さんはすでに成人していたが、次女の礼子さんは知覧高女の3年生、いまなら中学3年生だった。二人ともトメさんの娘だということで、特攻隊員たちから、とてもかわいがられていた。

その礼子さんの日記に二人の特攻隊員のことが書かれている。一人の名前は松本真太治《またじ》、もう一人は中島豊蔵《とよぞう》。

知覧の特攻作戦も後半の1945年5月25日。富屋食堂の前に立っていたトメさんの前に、何人かの兵士を乗せたトラックが近づいてきた。

すると、

「おばちゃーん、おばちゃーん」

と、トラックから手を振る男がいる。それが中島豊蔵軍曹だった。

トメさんに会えたのが、よほどうれしかったのだろう。中島軍曹は、まだ走っているトラックから飛び降りると、バランスを崩《くず》して手をついてケガをしてしまったのだ。

再会もつかの間、病院に行くと、中島は骨折したのか首から三角巾で右手をつられて帰ってきた。

5月28日、知覧から大規模な出撃がおこなわれたが、操縦桿《そうじゅうかん》を握ることができない中島は行くことができなかった。親友であった松本を見送りながら、一緒に行けなかったことに悔《くや》し泣きする中島だったが、なんと、松本は飛行機の故障で戻ってきた。中島がうれしそうにしていたのは言うまでもない。そして5日後の6月3日。中島は上官に掛け合って、出撃許可をもらった。

出撃前夜の2日、中島は、ともに行くことになった松本と富屋食堂にいた。

「あなた、手をケガしているからお風呂に入ってないでしょ。おいで」

と、トメさんは中島をお風呂に入れて、背中を流した。

「なんで、この子たちが……」

背中を流しながら、トメさんは涙が止まらなくなってしまった。中島が行く覚悟をしているのを悟ったのだ。

「おばちゃん、どうした？」

「ごめんね、何でもないよ。ちょっとお腹が痛くてね」

「涙が出るほど痛いのか？　そりゃよくない。俺は大丈夫だから戻っていてくれよ」

「ううん、大丈夫。ねえ中島さん」

「うん」

「手がよくなってから行くんだよ」

「……うん」

返事までに間があったが、トメさんはそれ以上深く問い詰めなかった。

そして翌6月3日。出撃日。

出撃の直前、中島と松本は、その日見送りにきていなかったトメさんに走り書きをした。

**「富屋のおばちゃん。ずっと元気でいてください。またおばちゃんと会える日がないかと思うと淋しいですが、勝利のことを考えれば、早く行けるのは喜ばしいことです。あとに続く特攻隊の人たちを、いまのようにお世話してあげてください。ありがとうございました」**

こう書かれていた。

手をケガしていた中島軍曹は、特攻機に乗り込むと、自転車のチューブを操縦桿に巻きつけて、からだで操縦桿をコントロールして飛び立っていったのだった。

あとになって、そのことを聞いたトメさんは、「そうまでして行きたかったの?」と涙したという。

# 「残りの命をおばちゃんにあげるよ」

勝又勝雄《かつまたかつお》少尉。陸軍特別操縦見習士官第2期生。

勝又少尉は、知覧飛行場で教育を受けていたとき、町の運動会に参加し、大活躍したことで、知覧町民のあいだでも有名人となっていた。卒業して一年。彼がひょっこり富屋食堂に現れた。しかし、勝又少尉の訪問は、トメさんには喜ばしいことではなかった。当然だ。その時期に知覧に来るというのは、特攻以外はないのだから。

「おばちゃん、こんどは短いよ。すぐお別れだ。何しろ特攻だからね」

いつものように、勝又は元気な声でトメさんにそう言った。

「おばちゃん、酒を飲ましてくれ」

富屋食堂は軍の指定食堂だから、配給以外の酒の割り当てもあった。しかし、それだって十分な量というわけではない。それでも、元気な男たちに気を使わせないで飲ませられるようにと、あちこちを走りまわってトメさんが酒をかき集めていた。

勝又さんは、トメさんが苦心しながら食材を集めているのを知っていたのか、一杯飲むたびに、「おばちゃん、ありがとう」と言って飲んだという。

その姿に、トメさんは、これだけの犠牲を払っても戦況がよくならないこと、そしてこれからの日本がどうなっていくのかという不安を、つい愚痴《ぐち》ってしまったことがあった。

すると、勝又少尉は言った。

「おばちゃん、俺の名前を見てくれよ。なんて書いてある？

俺は勝又の勝雄だよ。勝つ、また勝つ。こんないい名前はないだろ。そんな俺が出撃するんだから勝つに決まってるだろ。おばちゃん、考えすぎると禿《は》げちゃうよ。そんなことより、もう一杯」

勝又さんはこんな気の使い方をする男だった。だから彼のまわりには、いつも明るさがあった。そして別れる寸前、トメさんにこう言った。

「おばちゃん、元気で長生きしてくれよ。人生50年というけど、俺なんかその半分にもならない20年であの世に行っちゃうことになるから、あと30年分は使ってないわけだ」

「……」

**「だから、おばちゃん、俺の残った30年分の寿命は全部おばちゃんにあげるよ。だから、人より30年は長生きしてくれよ。絶対だよ」**

トメさんは89歳の天寿を全《まっと》うした。厳しい時代を乗り越えながらも長生きできたのは、勝又少尉や特攻隊員たちのおかげだと、トメさんは、いつも口にしていたという。

勝又勝雄少尉　1945年5月4日　知覧より出撃　沖縄洋上にて戦死。
千葉県出身　享年22歳。

# 命をかけたリーダーの「覚悟」

現在、知覧には二つの資料館がある。

一つは知覧特攻平和会館、そしてもう一つが、特攻隊とトメさんの資料館である「知覧富屋食堂ホタル館」。このホタル館所蔵の資料の中に、17歳から20代前半が当たり前だった特攻隊の中で、一人だけ、年長の特攻隊員がいる。

藤井一《はじめ》陸軍中尉。29歳。

藤井中尉は少年飛行兵の教育をするために、陸軍の本家である、熊谷《くまがや》陸軍飛行学校の教官として、精神教育を担当していた。精神教育を教える者としての悲しさか、自分自身にも厳しくしていた藤井中尉は、教え子たちの特攻による死の知らせを受けるたびに、「おまえたちだけを行かせはしない。自分も必ず行く」と言っていた。

藤井中尉は教え子だけを特攻に行かせて、自分は安全なところにいる現実に、自分を責め続けていた。精神教育の柱として、そして自身の座右の銘として、「言行一致」をあげ、その言葉通り、自らも特攻を志願した。

こういう人は他にもいたかもしれないが、実際に本当に実行した教官はほとんどいない。軍部はその申し出を受けなかった。それには理由がある。

まず年齢的に29歳というのは、特攻要員としては年をとりすぎていた。また妻と二人の子どもがいたことも理由の一つだった。年長で、面倒を見なければならない家族が多い将校などは、原則として特攻には採用されない。

それより何より、精神教育担当であった藤井中尉には、実戦経験がない。つまり飛行機を操縦できない。しかし、それでも藤井中尉は嘆願《たんがん》した。そして、この願いはもっとも悲しいかたちで成就されることになる。

1944年12月15日朝、夫の特攻への決意、そして家族がいるためにその願いが受理されないことを知った藤井中尉の妻の福子《ふくこ》さんは、こう書き遺《のこ》した。

「私たちがいたのでは、後顧《こうこ》の憂《うれ》いになり、思う存分の活躍ができないでしょうから、一足お先に待っています」

そして、幼い長女と次女に晴れ着を着せ、厳寒の荒川に身を投げたのだった。その訃報《ふほう》を聞いて現場に駆けつけた藤井中尉は泣き叫んだという。

「私は常々、飛行兵たちに対する精神訓話で死生観に徹せよと言っているが、なぜおまえたちが……」

その後も妻子の死を無駄にすまいと、再度、嘆願書を提出。この事情が考慮され、ついに軍は藤井中尉の特攻出撃を許可したのだった。藤井中尉の遺書にはこう書かれている。

「冷たい12月の風の吹き荒れる日、荒川の河原の露と消えた命
母とともに殉国の血に燃える父の意志を叶えるために一足先に準じた、
哀れにも悲しく、しかも笑っているかのように、

喜んで母とともに消え去った命がいとおしい。
父も近く、おまえたちの後を追っていけるだろう。
こんどはいやがらずに、父の膝のふところでだっこされて
ねんねしようね。
それまで泣かずに待っていてください。
千恵子ちゃんが泣いたらよくおもりしなさい。ではしばらくさようなら。
父ちゃんは戦地で立派な手柄を立ててお土産にしてそちらに行きます。
では、一子ちゃんも千恵子ちゃんも
それまで待っていてちょうだいね」

この教官の身に起きた悲劇、そして、部下だけを行かせはしないという、リーダーの覚悟に心うたれた藤井隊の隊員は、隊長と一心同体の強固な結びつきをつくった。そして、絶対に特攻を成功させるという決意を強くしたのだった。そしてその思いは天まで届く。

後年、ホタル館の館長だった鳥濱明久《あきひさ》氏のもとに、年をとった一人のアメリカ兵がやってきた。

彼の話によれば、藤井中尉が飛んだ5月28日、その方の乗っていたアメリカ空母に、一度は墜落しそうになった二人乗りの飛行機が、もう一度水面ぎりぎりで浮上し、突っ込んだらしい。その二人乗りの特攻は成功したのだ。

藤井中尉は飛行機を操縦できなかったため、教え子の後ろに乗って特攻に出撃した。そして、その日、二人乗りの出撃は藤井中尉の乗った飛行機ただ一機のみだった。

藤井一陸軍中尉　1945年5月28日　知覧より出撃　沖縄洋上にて戦死。
茨城県出身　享年29歳。

# 彼らはいかにして「死」に臨んだのか？

特攻隊の死生観について調べていたところ、こんな死生観を書いた手記を発見したので、書かせてもらう。この文はストレートで、男として、人としての在《あ》り方について深く考えさせられる。現代を生きる人には厳しすぎてピンと来ない部分もあるかもしれないが、これが当時の一般的な考え方だったのだと知ってもらえるとうれしい。

「再び踏むことのない土に咲く身なので、私は今更命を惜しいものとは思わない。物欲を捨て、淡々とした気持ちになり得る境地、一切の邪念《じゃねん》から放《はな》れ、無我《むが》の心境になり得た時、坊主《ぼうず》は『悟《さと》りを開いた』というだろうが、我々軍人は死生観を確立したと名乗っても、誰も疑うことはない。

人間このような気持ちで、誠に至り、忠《ちゅう》を尽くし、『国のために』という精神に則《のっと》って、自然とその精神にたどり着いたとき、初めて死生観が確立されるときで、それは死の寸前に成立されるものであろう。

まあ、そう一言で言っても、決して死生観はそんなに簡単にできるものではない。ある程度の死生観は、国のために散りゆくものにはできてはいるが、本当の死生観は死の直前にできるのであろう。

祖国のため、親も忘れ、そして家もなく、自分の将来の繁栄もはじめからのぞまず、ただただ一途に国のためにこの命を捨て石とすることを、何よりも光栄なことと考え、そこに幸福を見いだすことこそ尊《とうと》いのだ。

こういった信念のもとに、日常の行動を律していけば、自然と死生観もできてくる。こういったことは口に表し、また言うべきことではないかもしれない。自分の胸の内に置いておくべきことだ。人は誰だって、死の覚悟はできているのだから。

『空の護《まも》り人』として、この覚悟は、一日一日送っていくたびにあたらしく、そして深くなっていく。

死に対する覚悟、これを口にするのは簡単なことだ。

しかし、実際に自分にその死が本当にやってきたときにこそ、泰然自若《たいぜんじじゃく》として、死んでいける、そんな男になりたい。

それにはやはり、日常からその要素となる大切なことに励み、そして身につけていかなければいけない。そして最後の死生観の近くまでの覚悟を身につけたい。

自分は立派な、そして清らかな気持ちで死に臨《のぞ》むことができれば満足だ。

遥《はる》か昔から変わらない大義に生きるのも一つの死生観だ。

特攻隊だけが、その大義に生きるものではない。自分の最善の力を尽くし、自分の仕事に腕のありったけを出し尽くして死に臨む。これも立派な死生観だ。そして、もし、その仕事が世の中の人たちに広く知ってもらえなかったとしても、それはそれで立派なことだ。

結局は自分のする仕事をしっかりとすれば、大義など考える必要はない。

死生を超えてかかればいい。
大切なことはいかに心の修行をするかどうかだ。
心の修行に重きを置いて日常の行動を律していけばいいのだ」

石切山文一少尉　1945年4月12日　沖縄洋上にて戦死。
静岡県出身　享年26歳。

# 自由であるということ

これに対して、対照的な死生観もある。

上原良司少尉。慶應義塾大学の経済学部出身。「慶應の経済」といえば、いまでいう超エリート学生だ。彼は特別操縦見習士官、日本は劣勢となる戦局を打破するために、とうとう学生たちまで出陣させることを決定した。いまでいう学徒出陣だ。

上原少尉はその学徒から上がってきた、特操の2期生だった。

彼は勝利を願い、それを信じていた一般的な特攻隊員とは、一線を画すようなことを口にしていた。

「おばちゃん。日本は負けるよ」

そう富屋食堂でいつも口にするのだ。

トメさんは困った。特攻隊員が頻繁に出入りする富屋食堂には、戦争時の特別警察とも呼ぶべき、憲兵隊《けんぺいたい》が見張っていたからだ。当時、言論の自由などない。そんな言葉が耳に入りでもしたら、大変なことになる。

「上原さん、そんなこと口にしちゃダメだよ」

と言うと、

「おばちゃん、平気だよ。僕は特攻で死ぬ身だからね。憲兵だって手出しはできないよ」

と答えていた。

しかし、やはりそれは困る。ほとんどの特攻兵は、自分を犠牲にして特攻に行くのは、日本を救うためだと信じている。それを「負ける」というのは、「特攻での死は無駄である」と言い切っているようなものだ。他にもたくさんいる特攻隊員の心情を考えたとき、そう言ってもらうのは困るのだ。

彼は出撃の前日に書いた所感の中に、こう書き残している。これは、いまを生きる僕たちにも、多くのことを考えさせられる文章なので、分けながら紹介していきたい。

「上原良司　所感

栄光ある、祖国日本の代表的攻撃隊とも言える、陸軍特別攻撃隊に選ばれ、これ以上の光栄なことはありません。

これは、ともすると、自由主義者と言われるかもしれませんが、長い学生時代を通して、自分なりに得た信念とも言えるべき、理論万能の道理から考えた場合、自由の勝利は明白なことだと思います。

人間の本性である自由。これを滅することは絶対にできません。もし自由であることが抑えられて、表には見えなかったとしても、心の底には自由は必ず存在し、そして最後は戦いに勝つということは、かの有名な、イタリアのクローチェも言っているように、真理であると思います。

権力主義、全体主義の国家は、一時的に栄えようと、必ず最後には破れることは、真理の面から言っても、明白な事実です。私たちは、その真理を、今次世界大戦の枢軸《すうじく》国家の姿を通して、見ることができると思います。

ファシズムのイタリアは、どうなっているか。ナチズムのドイツもまた、すでに破れました（日本はドイツ、イタリア側陣営）。今や、権力主義国家は土台の壊れた建物のように、次から次へと滅亡しつつあります。

真理の不変さは、今その現実によって証明され、そして、過去において歴史が示してきたように、未来永劫《えいごう》に、自由の偉大さを証明していくと思います。私自身のその信念が正しかったことは、祖国日本にとって恐るべきことかもしれませんが、私にとってはうれしい限りです。現在いたるところで起きている、いかなる闘争も、その根底になるのは、必ず思想の違いだと思うからです。どんな思想をもっているかによって、その結果は明白に見ることができると信じています。」

こうした考え方は、21世紀を生きている僕たちが読めば、ある意味簡単に理解ができることだ。しかし、当時、この考え方は危険思想であり、外でこんなことを叫ぼうものなら、しょっぴかれて拷問《ごうもん》を受けることになっただろう。両親宛の遺書には、こうある。

「空中勤務者としての私は、毎日毎日が死を前提としての生活を送りました。一字一言が毎日の遺書であり、遺言だったのです。私は決して死を恐れてはいません。むしろ、うれしく感じます。なぜならば、懐《なつ》かしいあの人に会えると信じているからです。天国における再会こそ、私のもっとも喜ばしいことなのです。

私はいわゆる死生観をもってはいません。なぜかと言いますと、死生観そのものが、あくまで死を意義付け、価値付けようとすることであり、不明確な死を恐れるがあまり、そうするのですから、つまらぬ死生観などもたないほうがいいと思ったのです。死とは天国に昇る過程と考えれば、何のことはありません。

この観点から考えると、人間にとって、一国の興亡は実に重大なことでありますが、宇宙全体から考えれば実に些細《ささい》なことです。

郵便はがき

162-0816

恐れ入ります
切手を
お貼りください

東京都新宿区白銀町１番１３号

きずな出版 編集部 行

フリガナ

お名前　　　　男性／女性
未婚／既婚

(〒　　-　　)
ご住所

ご職業

年齢　10代　20代　30代　40代　50代　60代　70代～

E-mail

※きずな出版からのお知らせをご希望の方は是非ご記入ください。

# 愛読者カード

ご購読ありがとうございます。今後の出版企画の参考とさせていただきますので、アンケートにご協力をお願いいたします（きずな出版サイトでも受付中です）。

[1] ご購入いただいた本のタイトル

[2] この本をどこでお知りになりましたか?
1. 書店の店頭　2. 紹介記事（媒体名：　）
3. 広告（新聞／雑誌／インターネット：媒体名　）
4. 友人・知人からの勧め　5.その他（　）

[3] どちらの書店でお買い求めいただきましたか?

[4] ご購入いただいた動機をお聞かせください。
1. 著者が好きだから　2. タイトルに惹かれたから
3. 装丁がよかったから　4. 興味のある内容だから
5. 友人・知人に勧められたから
6. 広告を見て気になったから
（新聞／雑誌／インターネット：媒体名　）

[5] 最近、読んでおもしろかった本をお聞かせください。

[6] 今後、読んでみたい本の著者やテーマがあればお聞かせください。

[7] 本書をお読みになったご意見、ご感想をお聞かせください。
（お寄せいただいたご感想は、新聞広告や紹介記事等で使わせていただく場合がございます）

ご協力ありがとうございました。

きずな出版　URL http://www.kizuna-pub.jp　E-mail 39@kizuna-pub.jp

平家物語にある『おごれる人も久しからず』の盛者必衰《じょうしゃひっすい》の教えにあるように、もし、この戦争に米英が勝ったとしても、彼らは必ず破れる日が来ることを知るでしょう。もし破れなかったとしても、幾年後かには、地球の破滅により粉となるのだと思うと痛快です。いい気になっている彼らにも、必ず死が来るのです」

盛者必衰、因果応報。ここには東洋の哲学があり、明快な予言である。

上原さんのユニークなところは、このようなごくごく少数派の考え方をもっていながら、特攻にいったということである。なにか、死に急いでいるような気がしないでもない。ここから、上原少尉の夢、そして未来の日本への教訓と願い、そして本音が語られる。

「はっきり申し上げると、私は自由主義に憧れていました。日本が真に永久に続くためには、自由主義が必要であると思ったからです。今の時代にこんなことを言うと、バカなことに聞こえるかもしれません。それは、今現在、日本が全体主義的な気分に包まれているからです。こうなった以上はただ、日本の自由、そして日本の独立のために、喜んで命を捧げます。

愛する祖国日本を大英帝国のような大帝国にしたいという私の思いは叶《かな》いませんでした。真に日本を愛する人が指導者となって国を引っ張っていたとしたら、日本は今のような状態には追い込まれなかったと思います」

所感に戻る。

「世界のどこにおいても肩で風を切って歩く日本人、これが私の夢見た理想でした。

空の特攻隊のパイロットは一器械に過ぎぬと、ある友人が言っていましたが、それは確かです。操縦桿を操《あやつ》る器械、人格もなく感情もなく、もちろん理性もなく、ただ敵の航空母艦に向かって吸い付く磁石《じしゃく》の中の鉄の一分子に過ぎぬのです。理性をもって考えたなら実に考えられぬことで、もっと深く考えれば、彼らが言うように自殺者とでも言いましょうか。これは精神の国、日本においてのみ見られることだと思います。一器械である自分には何も言う権利もありませんが、只願《ただ》わくば、愛する日本を偉大な国にしていただけることを、国民の方にお願いするのみです。

こんな精神状態で行ったなら、もちろん死んでも何もならないかもしれません。ですから最初に述べたように、特別攻撃隊に選ばれたことを光栄に思っている次第です」

日本を偉大な国に——これは、やはり特攻隊員の総意だったと思う。

そしてこれらの言葉から推測すると、上原少尉は、ひょっとすると、誰よりもはっきりとした死生観をもっていたのではないかと思う。そして、最後は人間的な感情が見え隠れする文章で締めくくられる。

「飛行機に乗れば一器械に過ぎぬのですけど、一旦降りればやはり人間ですから、そこには感情もあり、情熱も動きます。愛する恋人に死なれたとき、自分も一緒に精神的には死んでいました。天国で待っている人、その天国で彼女と会えると思うと、死は天国に行く途中でしかありませんからなんでもありません。

明日は出撃です。過激に主張、発表するべきことではありませんでしたが、偽ることのない心境は以上です。何も系統立てず、思ったままを雑然と並べたことをお許しください。明日は自由主義者が一人この世から去っていきます。彼の後ろ姿は淋しいですが、心の中は満足でいっぱいです。

言いたいことを言いたいだけ言いました。無礼をお許しください。ではこのへんで。

出撃の前夜記す」


上原少尉には、恋心を抱く「きょうこさん」という幼なじみがいた。しかし、それは上原少尉の片思いで、彼女は上原少尉の恋心を知らなかったという。彼女は上原少尉を残し、若くして結核で亡くなっている。

じつは上原少尉の残した本に、きょうこさんへのメッセージが隠されていた。それは、本の中の文字を○で囲み、それをつなぐと、この言葉が完成される。

**「きょうこちゃん　わたしはきみを　あいしている」**

天国への階段を上って愛する人のもとへ。これが、彼が特攻隊を志願した答えのようにも思えてくる。はたして天国で二人は会えたのだろうか。それはわからないが、これも戦争が残した悲しく、そして儚い物語の一つであることだけは間違いない。

上原良司陸軍少尉　1945年5月11日　沖縄洋上にて戦死。
長野県出身　享年22歳。

# 最後の約束

1945年5月半ば、富屋食堂にまた一人、特攻隊員が姿を現した。宮川三郎。彼がのちに、数多くの特攻関連の映画や小説のモデルとなる人物である。彼の出撃は6月6日。出撃までには間があったので、鳥濱家の家族とは、普通の隊員以上に仲良くなった。彼はまだあどけなさの残る、次女の礼子さんをとくにかわいがっていた。

あまりにもかわいがるので、長女の美阿子さんが「礼ちゃん、大きくなったら宮川さんのお嫁さんになったらいいのに」と冷やかしていた。しかし、その宮川はなにか大きなものを背負っているような淋しさをもっていた。

彼はいつも滝本恵之助伍長《ごちょう》と連れ立って富屋食堂に来ていた。他の隊員に混じることはなかった。

彼らが他の隊員に壁をつくっていた理由は、4月に一度、二人とも出撃したが、飛行機の不調で引き返してきたことから、他の隊員からの白い目にさらされていたためだった。戦後の生き残りもつらかったであろうが、特攻真っ最中に一人引き返すつらさは、想像を絶する。そんな宮川さんと滝本さんに飛行機の修理が終わり、再び出撃命令が出た。6月6日だった。

その前夜6月5日は、奇《く》しくも宮川さんの満20歳の誕生日だった。

トメさんは、精一杯の手料理で、宮川さんの誕生会と出撃の餞《はなむけ》の会を催した。しかし、会の最中、突然の空襲警報が鳴る。そこにいたメンバーたちは、仕方なしに防空壕に入った。

警戒が解かれ防空壕を出ると、トメさんと宮川さん、そして滝本さんはベンチに座った。目の前をホタルが飛び交い、暗闇を照らしていた。

すると宮川さんがぽつりと言った。

「おばちゃん、俺、心残りなことは何もないけど、死んだらまたおばちゃんのところに帰ってきたいよ。なあ、滝本」

「うん。そうだな。帰ってきたいな」

「二人ともいつでも帰ってきて。おばちゃん待ってるから」

すると、目の前を飛ぶホタルを見て、宮川さんが言った。

「そうだ、ホタルだ」

「ホタル？」

トメさんは、宮川さんの言っていることがわからなかった。不思議そうな顔をしているトメさんに、宮川さんは少し大きな声で言った。

**「俺、このホタルになって帰ってくるよ。俺と滝本と二人でさ、二匹のホタルになって帰ってくる。だからさ、二匹のホタルを追い払っちゃダメだよ」**

宮川さんは、懐中電灯で自分の腕を照らして言った。

「えっと、明日のこの時間、9時頃に帰ってくるから、店の表の玄関を開けておいてよ」

「……わかった。開けて待っとくからね。帰ってらっしゃい」

知覧の特攻は6月前半で終わったから、彼らの出撃はほとんど終わりの頃ということになる。いままでこうやって何人の若者を送り出してきたんだろうと思うと、トメさんは再び悲しくなったが、涙を見せなかった。

「俺たちが帰ってきたら、みんなで『同期の桜』を歌ってくれよ。約束だよ」

「うん、わかったよ。約束ね」

「それじゃ、そろそろ戻ります。おばちゃん、本当にありがとうございました」

宮川さんと滝本さんは深々とトメさんに頭を下げて、最後の夜を過ごす三角兵舎に向かって走っていった。

# 「ホタル帰る」

翌6月6日は、朝から激しい雨が降っていた。トメさんは、「二人は無事に行くことができたのだろうか」と心配していた。夕方になり、雨も上がり店を片づけていると、なんと、富屋食堂に、特攻に行ったはずの滝本さんが立っていた。

「滝本さん、無事だったのね。今日は行かなかったんでしょ。宮川さんは？」

と聞くと、滝本さんは黙って首を横に振った。

いまにも泣きそうな顔の滝本さんが重たい口を開いた。

その日、二人は飛行場を飛び立ったものの、大雨で視界が見えにくかった。こうなると、特攻どころではない。目的の軍艦もわからなければ、沖縄への飛行も困難になる。

滝本さんは宮川さんの前に出て、「今日は無理だ。引き返そう」と合図を送ったが、宮川さんは合意しない。そして、滝本さんに向かって、「おまえは帰れ。俺は行く」という、身振りで応答した。

何度か滝本さんは合図を送った。

「いつでも行ける。こんな日に無理して飛ぶことはないんだ！」

そう叫んだが、その声は当然届かない。ついに意を決して滝本さんは宮川さんに別れの合図をして引き返したという。

再び生き残りの汚名を着せられることになる滝本さんに、トメさんは何と声をかけていいのかわからなかった。

夜になり、富屋食堂では、いつものように数人の特攻兵が手紙を書いていた。娘たちは、宮川さんとの約束通り食堂の入り口を開けていた。

9時。開けていた入り口から、1匹のゲンジボタルがすーっと入ってきて、富屋食堂の柱に止まって、光を点滅させた。まるで、「おばちゃん、俺だよ。帰ってきたよ」と言わんばかりに。

「お母さん、宮川さんよ。宮川さんが本当に帰ってきたよ！」

娘たちのその言葉にびっくりして、食堂のほうに行ったトメさんの見たものは、1匹のホタルと、その柱を見上げながら両手を口に当てて泣いている娘たちの姿だった。うなだれていた滝本さんや、手紙を書いていた隊員たちも集まってきた。

「宮川さん。あんた本当に帰ってきたんだね。おかえり。おかえり」

トメさんは、心の中でそう言った。みんなが黙って、その宮川ホタルを見つめていた。

「歌おう」

誰ともなく、宮川さんの願いであった「同期の桜」を歌いはじめた。みんなで歌った。

「貴様《きさま》と俺とは、同期の桜
同じ航空隊の、庭に咲く
咲いた花なら、散るのは覚悟
みごと散りましょ、国のため」

トメさんが泣いた。美阿子さんも礼子さんも、そこにいた隊員たちも泣いていた。ただ黙ってホタルを見上げていた滝本さんも、歌いながら泣いていた。それを見守るかのように、ホタルは暗闇の中で命いっぱいの光を発していたのだった。

1945年8月15日。未来のある数々の若者たちの命を散らすことになった戦争は終わった。それまでの4年間のすべてを、ここには書ききれない。どれほどの命の物語があったのだろう。

第3章

# 覚悟を決める

その後の
知覧の護り人たち

# たとえ世の中の流れが変わっても

「自分たちの魂や意志は、時を超えて、あとの日本人の心に伝わり、そして日本の平和発展のための礎となると信じて僕たちは行きます。

戦争が終わったら、世界から尊敬される、平和な文化国家を建設して、人類の平和と繁栄に貢献する日本を再建してください。僕たちにできなかったことをしてください。

その土台をつくるために、そして、その未来をつくるために僕たちは行くのです。

叶えたかった夢、そして意志は、あなたたちに託します」

こんなメッセージが聞こえてくる場所。知覧。

その中でも、毎年、全国から70万人を超える来場者が訪れる知覧特攻平和会館。この隣にある観音堂建立の物語は、終戦の１９４５年（昭和20年）に端を発する。

終戦後、富屋食堂で特攻隊員の世話をし、本音を聞き続けた鳥濱トメさん。

「いくら戦争が終わったといっても、いくら世の中の流れが変わったからといっても、あの子たちのことを忘れてはいけない。

あの子たちが願った平和への思いを忘れてはいけない」

その思いから、特攻基地の跡に、一本の棒を立て、それに向けてお参りを始めた。

かつて「軍神」と呼ばれた特攻隊員は、戦後世相が一変して「軍国主義の象徴」と忌《い》み嫌われるようになっていた。堂々と慰霊碑を建てることなどできなかった。そのため、その棒を墓標にしたのだった。そして、せめて若者たちの慰霊のための観音堂の建立《こんりゅう》をと願い続けた。その「棒参り」に花を切らす日は一日となく、その係は長女の美阿子さんに引き継がれることになる。

「私はね、困った人を見ると放っておけない性分なんだよ」

これがトメさんの口ぐせだったらしい。しかし、この性分は桁外《けたはず》れだ。戦後、困った人を見ると、その人を引きとってご飯を食べさせ、家に寝泊まりさせる。犬や猫を拾って育てる人はいるが、人を引きとるというのはおそらく生半可《なまはんか》なことではなかったはずだ。

トメさんの孫である鳥濱明久氏の幼い頃の記憶によると、あまりにも多くの人が家の食卓にいたものだから、実際にどの人が本当の家族なのかよくわからなかったという。

それも、これは一時期だけのことではなかった。富屋食堂から高校に進学した人、就職して大会社の幹部になった人もいる。極《きわ》めつけは、富屋食堂に泥棒に入って、たくさんのものを盗んだ犯人まで、引きとって面倒を見ている。

ある大作家は、トメさんのことを「現代に降りてきた観音様」と表したというが、それもうなずける話だ。

トメさんと特攻隊員さんとの交流を礼子さんが記した『ホタル帰る』には、こう書いてある。

「トメがいったい何人の人を自分の家で養ったのか、正確に数えられる人はいない。折々の写真のすべてを集めて勘定してみれば、あるいは数を特定できるかもしれない。しかし、そんな必要はないであろう。大慈大悲《だいじだいひ》の観音菩薩は自分の救った衆生の数を勘定したりしないだろうからである。

トメはかわいそうな境遇の人を見ると、無条件で救いの手をさしのべた。それは観音の手であり、誰もそれを止めることができなかった。特攻の母トメは、米兵の母トメであり、広く、人類の母トメであった」

## 「なぜ生き残ったのかを考えなさい」

トメさんは、約10年間、役所に通って知覧町長を説得した。その甲斐あって1955年（昭和30年）に観音堂が建立されることになった。その観音様の開眼の日から、特攻隊員の慰霊は、棒参りから観音参りに変わったのだった。

トメさんは、観音堂の前に行くと、そこらへんで遊んでいる小学生たちを集め、掃除を手伝わせた。そのご褒美《ほうび》にアメやキャンディーを渡した。それは、せっかくできた観音堂を護ってくれる次世代の子どもたちへ、その存在の守護を継承してもらうためだった。しかし、世の中は戦後の復興期に入り、かつての戦争のことを語る人は少なくなっていた。

そんなある日、一人の若者がトメさんを訪ねてきた。

板津忠正《いたづただまさ》氏。元特攻隊員だった。

板津氏は、知覧から出撃したものの、飛行機に恵まれず不時着。結局再出撃することなく戦争は終わった。「生き残り」に対する世間の風は冷たかった。本人としても、死んでいった同僚に対する罪の意識に苛《さいな》まれて、戦後は消息不明になったり、自殺したりする人までいたという。

板津さんも、生きていることに耐えきれなくなって、特攻の母のもとにやってきたのだ。

トメさんは、ふさぎ込む板津氏にこう言った。

**「生き残ったということは、残されたということだよ。神様があんたをこの世に残してくれたのだよ。残されたということは、何かやることがあるから残されたんだよ。板津さん、神様があんたに役割をくれたんだねえ。その役割は何なのかをよーく考えなさい」**

板津氏は、この言葉で救われた。

「自分の役割は？　自分はこの命を使って何をすべきなのか？」

板津氏が出した答えは、特攻隊だった仲間たちの死を無駄なものにしてはいけないというものだった。彼らの思いが、板津氏には痛いほどわかっていた。

特攻隊を世の中はまるで悪者のように扱うようになっていた。大切な国やふるさと、そして家族を守ろうとして行った彼らの真実をしっかりと、世の中に伝えなければいけないと誓った。それが彼らの遺志を継ぐことになると信じて。

そのために一番初めにやるべきこと。それは彼らの残した資料集めだった。そこからの板津氏の人生は、「遺志を継ぐ者」としての人生となった。

公務員になっていた板津氏は、休日はすべて返上して、遺族を訪ねて全国を行脚《あんぎゃ》した。

板津氏は、トメさんの棒参りに匹敵する執念で、残りの人生のすべてを特攻隊員のために捧げたといっても過言ではない。

板津氏の、その人生のすべてを懸けた努力は実を結び、1987年（昭和62年）2月、トメさんの観音堂の隣に、「知覧特攻平和会館」が開設された。

平和会館内にある遺書や写真のほとんどは、板津氏が足を使って集めたものだ。特攻隊員からトメさんへ、そしてトメさんから板津氏へ、切れそうなくらい細い糸は、こうして現在へとつながっていったのだった。

# 特攻隊員の本当の姿

1992年（平成4年）4月22日。数えきれないほど多くの人を救った鳥濱トメさんは、その激動の生涯を終えた。89歳だった。

生前、からだの自由がきかなくなっていくトメさんを車いすに乗せ、毎日観音堂参りをした一人の若者がいた。その若者の名は、鳥濱明久。トメさんの孫である。

明久氏は1960年（昭和35年）10月24日、トメさんの長女である美阿子さんの次男として生まれた。物心ついた頃にはトメさんに手を引かれ、特攻平和観音堂にいつも連れていかれていたという。当時はその観音堂にどんな意味があるのかはまったくわからなかったそうだが、子どもだから当然だ。

ところで、終戦となって特攻隊のイメージが軍神から、その対極に変わったことは前述したが、ふだんの会話にも出せない時代が長く続いた。ようやく特攻隊について語ることができるようになったのは、観音堂の建立から10年後の1965年くらいからだった。明久氏は幼稚園の頃から、人前で歌をうたうことが得意で、トメさんから「歌え歌え」と言われて当時の軍歌をうたわされていた。

歌をうたうとお駄賃《だちん》をもらえるので、また歌をうたった。そうして、明久氏は、自然と生き残った特攻隊員の人たちの顔を覚えた。「トメさんの孫」ということで、訪ねてくる元特攻隊員の人たちにもかわいがられた。

しかし、そうした人たちの中には、戦争で手を失った人、右半身がやけどだらけの人、足がない人がいて、子ども心にもその人たちが怖かったと明久氏は言う。

幼い頃から通わされた観音堂参りも、相変わらず、鳥濱家の人を除いてお参りする人はいなかった。毎日お花をかえて掃除をしながら、トメさんはいつも、こんなふうに言っていた。

「特攻隊員は勇ましいって手紙にも書いてあったり、喜んで行くと書いてあったりするが、そんなことはないんだよ。うれしければ笑い、悲しければ泣く、そんな人としての当たり前の感情をもった普通の子たちだったんだよ。

やりたいこともたくさんあった、未来に夢もあった若者たちだったんだよ。

でもね、生きることを許されなかった。

それなのにまわりの人の心配ばっかりしててね、まるで神様みたいだったんだよ。

本当に本当に優しい子たちだったんだよ。

**『おばちゃん、僕たちがいって日本を守るから。おばちゃんたちは幸せに生きてくれよ』**

**っていつも言っててね。いまでも目を閉じたら、あの子たちが生きてるみたいだよ。**

**だからね、あの子たちが一生懸命残してくれたこの日本に住む私たちはね、あの子たちの分まで一生懸命に生きなくちゃならないんだよ」**


この言葉は、明久氏の心に深く根づいていった。

# 変わっていく夢と覚悟

祖母であるトメさんも次第に歳をとり、明久氏は高校生になった。

そして、その高校の卒業式の前日、母親である美阿子さんが、病気で余命2週間だということがわかった。大学への進学が決まっていた明久氏だったが、彼はそれを取りやめた。

自分が大学に行ったら、トメさんが一人ぼっちになってしまうということも大きかったが、それまで自分の母が大黒柱の一人として経営していた富屋旅館や富屋食堂を、なんとかしなければならないという思いが強かった。

18歳の孤独な決断。それは大学進学をやめて、自宅から通える範囲の鹿児島市内にある調理師専門学校に行くことだった。そして、1年間の調理師学校を卒業後、明久氏は19歳で旅館のほうに戻り、経営から調理まですべてを担当するようになった。明久氏のお兄さんは東京の日本大学に行っていたが、帰ってきて、兄弟二人で家を支えていくことになった。兄が帰ってきたこともあり、明久氏は旅館を盛り上げるために、再び外へ修業に出た。鹿児島市内の天文館にあるイタリア料理店に始まり、次は和食店、それから有名店の寿司屋の修業に入って21歳を迎える。

生来のがんばり屋が認められ、どんどんと華板《はないた》へと押し上げられたが、それだけでは足りないと、鹿児島は兄に任せて、こんどはフランス料理だということで横浜に飛んだ。

明久氏いわく、「もともと旅館や食堂のために始めた修業だったけど、その頃は料理がおもしろくなって、自分の店を経営したいという夢に変わっていた」ということだった。次男坊らしい当たり前の感情だ。こうして青雲の志を掲げて横浜に飛んだのが24歳。3年でシェフまでかけあがった明久氏は、給料だけでも40万円以上もらうようになっていた。

そのときに知覧の兄から一本の電話があった。知覧の特攻平和会館のところに「知覧茶屋」というお店をつくることになったから、また兄弟、力を合わせて一緒にやらないかという内容だった。

人口何百万人もいる横浜でシェフをしている自分に、人口1万人もいない知覧からの誘い、というより、ほぼ強制帰還命令。

そんなところにお客さんは来るはずがない。そこに80席の店をつくるという。こんな場所なら20席もあれば十分だろというくらいの思いだったから、「兄貴、それは無理だよ。俺、シェフだから申し訳ないけど知覧には帰れない」と断った。すると、電話の相手が替わった。声の主は、明久氏を一番大切に育ててくれたトメさんだった。

「明久、帰ってきておくれ。知覧に来てくれた人のおもてなしをするためには、おまえに帰ってきて食堂をしてもらうしかないんだ。おまえが実力をもっているんだから」

泣きながらの声。トメさんの思いを誰よりも近くで見て育ってきた明久氏には、この声を無視して自分の思いを通すほどのあつかましさはなかった。

知覧に戻る覚悟を決めて、28歳になったときに知覧茶屋を創業した。平和会館はすでにあったが、まわりは舗装もされていない、そんな場所でのスタートだった。

# 「語り継ぐ」という責任

こうしてスタートした「知覧茶屋」は、昭和が過ぎて平成になったくらいから平和会館への来場者の増加に比例して、徐々に徐々にお客さんが増えはじめてきた。

1992年(平成4年)、89歳を迎え、いよいよトメさんの体調が悪くなりはじめた。知覧では毎年、5月3日に特攻隊の慰霊祭がおこなわれ、それは現在も続いている。当然、その日は全国からトメさんを訪ねてくる特攻関係者で、知覧茶屋はごった返す。そして、その日を何よりも楽しみにしていたのは、他の誰でもない、トメさん自身だった。

「ばあちゃんは慰霊祭に行けるかね。多くの人が待っているだけどね、行けるかね」

「大丈夫だよ、おばあちゃん。心配しないで」

残念ながら、その慰霊祭の直前、4月22日にトメさんは亡くなった。以来、トメさんの訃報を聞いた人たちが全国から知覧茶屋にどんどん来るようになった。そして、口々にこう言うのだった。

「明久君。君が語り継いでいくんだぞ」

冗談じゃない、そんな重い責務《せきむ》は果たせない、と明久氏は思ったそうだ。特攻隊を実際に目にしたことのない自分には何も語る資格はないと、思っていた。

経験していない、ということはもちろんあったが、それ以上に、特攻隊員の遺志を語り継ぐというのは、とてつもない勇気がいることだということと、その難しさを、いちばん知っていたのは、他の誰でもない明久氏自身だった。

おまけに知覧茶屋は毎日満席になるようになり、利益も出せるようになっていたので、語り部として時間をとるにも物理的に無理な状態でもあったのだ。

そんな矢先、運命を大きく変えることになる出来事が起きる。

「知ってるつもり?!」という当時大人気のドキュメンタリー番組から、明久氏のもとに、一本のオファーがあった。

「そんな人気番組が特攻隊のことを取り上げてくれるなら、町にとっても有り難いことだ」と思ってオファーを引き受けると、その企画の主役は、特攻隊ではなく、トメさんの人生だった。

明久氏は叔母にあたる礼子さんにも協力してもらいオンエア。鳥濱トメの名は、一気に全国区になった。そして、その番組をたまたま見ていた大俳優がいた。テレビ放映から数週間後、東映の常務という人から明久氏のもとに電話がかかってきた。

「じつはいま、鳥濱さんのお店の前に高倉といるんですが……」

「高倉」とは高倉健さんのことだった。突然の来客に驚いたものの、店が落ち着いた頃、座敷で高倉健さんと話すことになった。

さすがに目の前に、テレビでしか見たことのない大スターが訪ねてきたことに驚きながら、でも、それと同時に亡き祖母、トメさんの偉大さを感じたという。結局、その訪問をきっかけに、生き残った特攻隊員を描いた映画「ホタル」が生まれたのだった。

# 天命を知るということ

テレビ「知ってるつもり?!」のスタッフ、映画「ホタル」のスタッフに、「こういう状況だったんですよ」と説明している自分に、明久氏は驚いていた。

トメさんのこと、特攻隊のこと、富屋食堂のこと、その情景を伝えられる。自分は、その一言一句を覚えている。二つの出来事に、明久氏は何かに導かれるようなものを感じていた。

テレビの視聴率が高かったことも手伝って、「知ってるつもり?!」が第2弾の番組をつくりたいと言ってきた。それを機に、いろんなところから取材を受けるようになったが、ちょうどその頃、旧富屋食堂が道路拡張に引っかかって取り壊されることになる。

富屋食堂を閉店して長い時間がたっていた。かわりに知覧茶屋があったから、食堂の建物はそのままになっていたが、それが取り壊されることになったのだ。

使っていなかったとはいえ、富屋食堂は特攻隊員やトメさんたちの思いのこもった場所。たくさんの人が取り壊しを惜しんだ。

しかし、いくらそう言われても、明久氏にも生活がある。飲食店経営という実業がある。年齢的にも30歳を過ぎていたので、彼は鹿児島市内に次の店舗の展開を考えていた。

明久氏はそのときの経緯を僕にこう語ってくれた。

「相変わらず多くの人が、『話を聞きたい』って全国から自分に会いにくる。自分は孫であるにもかかわらず、あまりにも多くの人が握手をしてくれたり、写真を撮ってくれたりで、正直、申し訳なさでいっぱいになってね。祖母の資料を引っ張りだして、勉強したよ。そして記録をまとめていった。

自分のもとには、隠された手紙、検閲を逃れるための手紙、トメが密《ひそ》かに書いた手紙が実際あるから、このままそれを風化させていいものかどうか、迷ったね。けど、『これはやっぱり自分に与えられた使命なんじゃないか』と感じはじめたんだよ。過酷な時代に生きた若者たちが、最後にはこの国を、愛する人を守るんだと、若い命を散らしていった真実、ただ笑って行ったのではないという真実を語り継ぐためにはどうしても富屋食堂を復元する必要があるのではないか。それが自分に与えられた使命なんじゃないか。そこで何の利益も出ないかもしれないけど、知覧茶屋をしっかりとやっていけば、なんとかなる。そこからの利益を補填《ほてん》してでもやろうと思ったんだ」

こうして富屋食堂を復元させた、特攻隊員と鳥濱トメの資料館「知覧富屋食堂ホタル館」が誕生した。

ホタル館の建設が始まる頃、明久氏の天命を決定づけるもう一つの出来事があった。それは2001年にあったアメリカの9・11テロだった。

あのテロは、全世界で「カミカゼ」と書かれたのを覚えている人は多いと思う。

9・11テロは世界中のマスコミが取り上げた。明久氏のもとにも、18カ国から取材が来た。「カミカゼの本当の話を知りたい。あなたがおばあさんから聞いた話を聞きたい」ということだったので、明久氏は精一杯語った。実際にアメリカでもそのインタビューが流れた。

**「特攻隊員は戦闘行為の中でやった戦法、つまり戦い方だったのです。**
**罪なき人の飛行機を乗っ取ったわけじゃない。**
**罪なき人たちのいるビルに突っ込んだわけでもない。**
**わずか50数年前の若者たちも我々と何も変わらない。**
**ただその時代に生き、いかなければならなかった若者たちを、無差別テロと一緒にされるのは間違いです。間違えて伝えてもらったら困ります」**

精一杯訴えた。そして同時にこう思った。

「これからの若い人たちに、そのことを少しでも伝えていかなければならない」

明久氏の使命感は、このときに固まったという。

# 命よりも大切なこと

開館まもなくホタル館には、たくさんの人が来た。そして、生前のトメさんから話を聞き、トメさんのことを「現代の観音様」といった大作家、石原慎太郎氏が来た。

そして、石原氏の原作で、トメさんを主人公にした映画「俺は、君のためにこそ死にいく」が製作されることになった。こうした当時のことをより詳しく伝える映画が生まれたのも、「なでしこ隊」がドラマになったのも、明久氏が、自分の天命として語り継いでいこうと決めたからだ。

もちろんトメさんの存在があったからこそではあるが、跡を継ぐ人間がいなければ、歴史はやがて風化していく。

トメさんが板津氏にタスキを渡していたように、ここにも一人、天国のトメさんからのタスキを受けとった人間がいたのだった。その明久氏はこう語る。

「あのとき自分がその役を放棄《ほうき》していたら、黙っていたら何も起こらなかった。自分のできることは、微々たるものだけど、動いてよかったな、と思うよ。いまは何も言えなくなった人たちが、自分を介して伝えているんだなと思っている。こんな素晴らしい使命感はないなと思う。特攻隊員さんにも、そして祖母トメにも心から感謝する。

みんな生きていたかったんだよ。

でも、その思いは私たち次世代に託して飛んでいったんだ。

いま、こうして生まれてきた自分の命を何かに燃やしていくこと、僕たちには、あの人たちが心から望んだ明日があるんだよ。一歩でもいい、進んでいく使命があるんだ。

そういうことを毎日、あの資料館で伝えていく。それが私の使命なんだよ。

私だって命には限りがあるから、そういう立場にある人間として、やっぱりそれを次の世代に伝えていくべきだと思っている。

我が祖母ながら、言わせてもらうと、いま、こうして少しでも特攻隊員の遺志が伝えられるのは、トメの存在があったからだと思う。

真実はいくら曲げようと思っても曲げられない。だからその真実を、いまの私たちを介して、亡くなった方々が伝えたいと思っているとしか思えないんだよ。

男っていうのは、いつの時代も本当にかっこつけでね、不器用な生き物なんだよ。少しでもかっこつけて、意地を張って、大切な女性のために、子どものために生き抜いていくのが本当の男だよな。俺も日本男児。しかも、どういう因果か、特攻の母の孫として生まれた。だからその男としての使命感を貫いていこうと、そう思ったわけだよね」

鳥濱明久の語り部の噂は、いろんなところに広がっていき、明久氏のもとには、講演やテレビ出演などの依頼が来るようになった。現在は、知覧茶屋がしっかりとまわるようにして、可能な限り訪ねてくる人たちに、特攻隊の遺志を伝え続けた。

ホタル館の2階にトメさんの手書きの紙が展示されている。

そこにはこう書かれてある。

「命より大切なことがある。それは徳を貫くことである」

偉大な先人たちの遺志の糸は、確実に、そしてしっかりとつながっているのだ。

# 第4章

# フォー・ユーの精神で生きる

知覧の桜の木の下での誓い

# 人生に迷った若者たち、知覧に行く

2001年。最初に書いたが、その頃の僕は商売を始めたばかりだった。行商生活の中で、疲れ果てて自宅に帰った日、生後2週間の長男の寝顔を見ていたそのとき、テレビから一本の緊急速報が流れた。それが、9・11のテロだった。衝撃だったが、先が見えず、余裕のない僕には、どこかで対岸の火事的な感覚があったような気がする。

そして行商もくたびれ果てた約1年後、祖父の残した言葉を思い出したのだった。

「人生に迷ったら知覧に行け」

思い出すきっかけは、行商先の鹿児島の宿舎で見た高倉健さんの映画「ホタル」だった。そして僕は初めて特攻平和会館、そしてホタル館をパンフレット片手に訪ねた。そして、迷ったときの道しるべとして、その二つの資料館に通うようになった。

「彼らは何を残したかったのか？　そして、いまの自分には何ができるのか？」


僕なりにいつもそのことを考えていたが、はっきりとした答えが出なかった。

知覧に通うようになって約3年、僕の会社の女性スタッフが、仕事の終了後、話があると僕のところに来た。

「社長。私、こんどの社員旅行で知覧に行きたいんです。

みんな行きたいって言ってます」

そのときは、僕は反対した。みんなでは行きたくなかったのだ。

知覧は観光で行くところではないと彼女に伝えたが、その後のミーティングで、圧倒的多数で社員旅行先は、知覧に決定した。

あとで僕は、なぜ20歳そこそこの女の子の口から「知覧」というキーワードが出たのか、不思議に思って聞いてみた。

すると、彼女はこう答えた。

「先日テレビで見た、元特攻隊員のおじいちゃんの一言が忘れられないんです」

「へー、そんな番組があったんだ。で、その人なんて言ったの？」

「えっと、たしか……『**あの頃の若者の千分の一、万分の一でいいから、大切な人や、日本という国のことを思って生きてほしい**』みたいな感じだったと思います」

彼女から発せられたその言葉に、いままで自分の中で、もやもやとかかっていた霧が晴れていくのを感じた。その後、いろんな手段をたどってその映像を入手した。

そのおじいちゃんは浜園重義《はまぞのしげよし》さんという方だった。そのおじいちゃんの一言は僕にもぐさっと刺さった。

その後、実家に行ったときのこと。僕は次の社員旅行で知覧に行くことを両親に伝えた。

すると、母がなにげなく言った。

「知覧って特攻隊の知覧？」

「そうだよ。知ってるの？　俺はときどき行ってるから、こんどはみんなで行く」

「お父さん！　あのテル子さんのお兄さん、特攻隊の本を書いてなかった？」

その言葉に、隣で寝転んでいた父が言った。

「あー、あのもらった本な。どこに置いたかな。えっと、あ、あった。これだ」

そう言って一冊の本を取り出した。それは特攻隊の教官だった田形竹尾《たがたたけお》さんという方が書いた『日本への遺書』という本だった。両親は、その著者の妹さんと知り合いだったのだ。とりあえず、その本をもらって実家を出た。

# 桜の下に降ってきた答え

そして2005年1月14日。社員旅行当日。僕はいつも行っているので、特攻平和会館の入り口近くにある桜並木の下で、スタッフたちが出てくるのを待っていた。

何度来ても平和会館に入ると、毎回泣きまくってしまう。それを見られるのが嫌だったのもある。暇だったので、両親から手渡された本『日本への遺書』を読んでいた。

そこに、こんな遺書があった。

「謹啓、初春の候と相成り、ご両親様におかれましてはご健勝のこととお喜び申し上げます。お父さん、お母さん、喜んでください。祖国日本攻防のとき、茂も大命を拝すことになりました。心身ともに健康で、日本男児として、大橋家の長男として生まれた喜びを胸に抱いて……」

このあとに続く言葉に電流が走ったのを覚えている。こんなくだりだ。

**「あとに続く日本の青年たちが、平和で争いのない、世界に誇れる文化国家を建設してくれることを信じて、茂はたくましく死んでいきます」**

あとに続く日本の青年——これ俺だ。俺は、これを託されたんだ。
何を小さなことに悩んでいるんだろう。そう思った。
いい国つくらなきゃ。この人たちが残してくれたもの、伝えたかったもの、それは、大切な人を守るために生きる、日本人にずっと伝わってきた精神だ。
そうだ。何かやろう。自分の中で何かが変わった瞬間だった。

その遺書は、こう続く。

「男として生まれた以上、大好きな飛行機を墓標に大空の御盾《みたて》となる覚悟であります。お父さんお母さん、長生きしてください。お世話になった近所の皆さんにもよろしくお伝えください。この手紙が最後になります。

身はたとえ、南の空に果てるとも
とどめおかまし　神鷲の道
大命を拝して　　遠き台湾の地より
十八歳　茂　謹白」

## 「フォー・ユー」に気づいた「フォー・ミー」軍団の誓い

「18歳。俺より13歳も下。昔の人って本当にすごい……。勝てる気がしない」

その遺書の作者の年齢にびっくりしていた頃、目を真っ赤にして泣きはらしたスタッフたちがぞろぞろ出てきた。

車に乗ってそのまま、福岡に戻る車の中で、自然と感想発表会が始まった。その中で、スタッフの一人がこう言った。

**「僕、もうちょっと人のことを考えて生きることにします。フォー・ユー精神で生きます」**

「フォー・ユーか……。あ、それだよ、その言葉！」

自分だけのために生きるフォー・ミー。僕はその典型的なタイプだった。スタッフが言った「フォー・ユー」というその一言が、妙に心に刺さった。

そして、その車の中で、僕の会社の理念は「感謝と利他」、それをもうちょっとおしゃれに「サンクス&フォー・ユー」に決まった。まったくできていないフォー・ミー軍団ではあったが、とりあえずフォー・ユーを目指そう、そして自分たちがうまくいったら、人にフォー・ユーを伝えていこうということになった。

余談になるが、その日1月14日に、僕の会社に、また一人の落ちこぼれが入社した。名前は櫻井剛《つよし》。社員旅行で知覧に行った日が、彼の入社日だった。

剛が入社した翌日、僕にぼそっと言った。

「いま思い出したんですけど、僕、アメリカにステイしてたときの、受け入れ先のおねえちゃんがいるんです」

「うん。ステイしていたのは聞いている」

剛は一家でアメリカに渡っていた。そして、そこで4年間を過ごした。

「そのおねえちゃんが、そう言えば特攻隊のドキュメンタリー映画をつくってたのを思い出しました」

「ふーん。そんな人いるんだな。名前なんて言うの？」

**「リサ・モリモトっていいます」**

そんな会話をしながら、パソコンでなんとなく検索をかけると、なんとヒット数26万件。

「全米で大爆発。日本に逆輸入の衝撃ドキュメンタリー」などと書いてある。

「剛、これ、つくったなんてレベルじゃないぞ。めちゃくちゃすごい」

「あ、ほんとだ。リサすげー」

剛はのんきに、こう言った。

二人でツタヤに走ると、そのドキュメンタリーはあった。

映画を見ながら、その作者と一緒に暮らしていた男が知覧ツアーから入社して、しかもその翌日に、このドキュメンタリー映画と出会うという奇妙な偶然に鳥肌が立った。

# 本物の語り部と出会う

知覧旅行から3日後の2005年の1月17日。その日、僕は鹿児島で講演の仕事が入っていた。

3日前に知覧に行き、フォー・ユーを伝えると決め、おまけに剛のステイ先のおねえさん、リサ・モリモトのドキュメンタリー映画を見て、その足で鹿児島講演。しかし、その日の講演の出来は、自分史上最悪だった。

何が「最悪」だったのか。テンションである。

「あなたたちが住んでいる鹿児島には知覧があるんです！
皆さん、それを知っているんですか？」

などと、熱くなって一人で叫びまくった。いま時間が戻ったら穴を掘ってもぐりたい。

とにかく一人で空まわりしまくった。最悪の講演会が終わり、帰ろうとしていると、聴いてくれていた中の一人の人が、僕のところに来た。


「なんか、すみません。熱くなってしまいました」

「いえ、ずしっと響きました。ところで永松さん、鳥濱トメさんは知っていますか？」

何度も知覧に通っているのだから、知らないはずがない。

「もちろんです」

と胸を張って答えた。

すると、その方はこう続けた。

「鳥濱トメさんの跡を継いで、語り部をされているお孫さんのことはご存じですか？」

その前日、リサ・モリモトのドキュメンタリー映像の中に、そのお孫さんが出ていたのを見ていた。機会があったら会いに行こうと思っていた矢先だった。

「そういう方がいらっしゃるのは、じつは昨日知りました」

**「そうですか、そのお孫さん、鳥濱明久さんが、先月、つまり永松さんの前の回の講師だったんです」**

いかに僕がまぬけなことをのたまったか、想像できるだろうか？

先月、本物の語り部さんの話を聞いたばかりの人たちの前で、ウルトラハイテンションで特攻隊の話をしまくったのだ。冷や汗が出て、頭がくらくらした。その場からダッシュで逃げたい衝動に駆られた。そんな僕に、その方、菊永さんは言った。

「鳥濱さんをご紹介しましょうか？

うちから徒歩3分のところにいらっしゃいますから」

頭を下げまくって丁重にお願いした。その後予定していた天文館ツアーはすべてキャンセルして、レンタカーで知覧へ向かった。それが、鳥濱明久さんとの出会いだった。

# 「一人の知覧」から「みんなの知覧」へ

鳥濱明久さんとの初めての出会いは、知覧の人形館という、おもちゃの博物館兼喫茶店だった。あとになって鳥濱さんから聞いた話だが、

「なんだ、このチャラい若者は。こんな小僧が特攻隊を語るのか？　うん、早めに帰そう」

と思っていたらしい。しかし、あまりにも僕が食い下がるので、ついつい本気で話して、覚悟を試したということだった。そう言えば、意地悪いことを言われたような記憶もあるが、それより、本物の語り部に出会えたことで、そんなことはまったく気にならなかった。

人形館の閉店時間が来たので、知覧茶屋に移動。3日前に来た、いつもの見慣れた桜並木の前に、その知覧茶屋はある。そこで、鳥濱さんが、店の窓から桜並木を見ながら、こ

う言った。

「春はね、この桜が満開になって、それはきれいな桜のアーチができるんだよ」

「あ、ひょっとして、この桜並木って、映画『俺は、君のためにこそ死ににいく』のラストシーンで出てくる桜並木ですか？」

「さすがによく知っているね。桜が咲くと、この桜がライトアップされて、そりゃあ、きれいなんだよ。花見でたくさんの人が集まってきて、その時期になると、この桜並木に英霊さんも戻ってきて、花見をしている日本人をうれしそうに見守っているって言う人もいるんだ」

その言葉に、また僕のアンテナが反応した。

「鳥濱さん、その花見って知覧の人限定ですか？」

「いや、そんなことないよ。なんで？」

僕は思いっきり笑顔で言ったと思う。

「僕の会社のスタッフたち、全員つれて、ここで花見させてください！」

そして4月。僕たちはみんなで知覧に花見に行った。

スタッフだけでなく、店の常連さんや全国の仲間たちが口コミで集まって、総勢80人にふくれあがってしまった。それから発展して、毎年春の僕たちの定例行事、「知覧フォーユー研修さくらまつり」になった。

さくらまつりは口コミだけで、恐ろしい速度で広がっていき、数年後には全国から350人、多い年は400人が集まる巨大研修になった。最初は単なる花見大会の予定だったのだが、せっかく全国から有志が集まるということで、初年度からテーマを決めて始めることにした。

第1回めが「結集」、そして2回めが「立命」、そして「勇気」「覚悟」「使命」「絆」「愛」と続き、8回めを迎えた2014年は「士（サムライ）」だった。

ここで研修内容を少し説明。初日は知覧でしっかりと研修をし、桜の木の下で一つの輪になって、その年の誓いを立てる「献杯の儀」、そして花見と続き、その後は、知覧茶屋にすし詰めになっての夜なべ談義。そして鹿児島市内に戻って、次の朝は桜島が目の前にそびえるホテルで、「フォー・ユー精神」を深めていくサミットが、朝から夕方までみっちり。そして全行程が終了後、天文館の仲間のお店での大宴会ならぬ「大縁会」。

1年に2泊3日だけ、真剣に自分自身のことをふり返って誓いを立て、それぞれの持ち場に戻るという、まあ、書いていてもよくわからない研修なのだが、参加者は至って真剣だ。

# 現代で生きる35歳の女性の「覚悟」

ちょうど、さくらまつりのことを書いていたときに、一人の参加者の女性がブログに、こんなことを書いてくれていたので拝借する。空気だけでも感じてもらえると有り難い。

**「いま　日本はいい国ですか？」**

思いがけず、人生初の感情を感じることとなったイベント。

3月末、人財育成ジャパン主催の知覧さくらまつり研修へ参加してきました。

さくらまつりと言っても、単にお花見だけをするわけではなく、

生きていきたくとも、死にたくなくとも、愛する家族や故郷、国のために、

命をかけて闘ってくださった特攻隊の皆さんの思いを学び、
いまの自分の生き方を深めるための研修です。
知覧という特攻隊の皆さんが飛び立った地で、
特攻隊の皆さんの、「大切な人を守る」という思いを学び、
自分の生き方に反映させるのはもちろんなのですが、
今回、個人的には「特攻隊の母」と呼ばれた鳥濱トメさんの、
女性としての在り方を学ばせていただこうと参加しておりました。
終戦間近という極限の状態の時期。人としての在り方より、
そこが排除された戦争時独特の常識で統一されていた日本。
当時トメさんは富屋食堂という食堂を経営されていました。
確実に死んでこなくてはならない、
特攻隊の青年たちのために自分の着物など財産を売りながら、
食堂を広げてゆき、食堂に来た青年たちの好物を食べさせ、

彼らの気持ちを受けとめ、寄り添い、
とにかく彼らが食堂でだけでもと、心休まるように心を尽くしてゆきます。
特攻隊が、特攻に出ることを家族に事前に知らせることは禁じられていましたので、
トメさんがかわりに手紙を出したり。
（これは当時　死罪にあたるような行為…！）
特攻に旅立った青年たちの最後の勇姿を、
ご家族に泣きながら手紙に何通もしたためたり。
死罪だろうとナンだろうと、戦争時の常識よりも何よりも、
人としての在り方を何よりも大事にされていたトメさん。
戦後は、アメリカ兵たちに食堂を開放せざるを得なくなり（事情があります）、
自分の感情と裏腹だったとはいえ、
まわりに「特攻の母が裏切った」ようなことを言われても
国のために、知覧のために働いていました。

そしてある日、
食堂裏で、荒くれ者のアメリカ兵が、
両親の写真を見つめながら号泣している姿を見つけます。
彼らは、硫黄島《いおう》の戦いを潜《くぐ》り抜けた兵士たち。
日本人というだけで、相当恐怖だったのですね。
そんな日本人たちの前で、
威厳を保たねばとかさまざまな心情があったのではないかと思うのです。
トメさんは、そんな号泣する彼の姿を見て
「ああ、この人たちが悪いんじゃないんだ……」
戦争を起こしたのは、悪いのは彼らじゃないと気づき、
そこからアメリカ兵たちにも優しくなってゆき。
最後、進駐軍の兵士たちが去るときには、
「See you, mam」

アメリカ兵たちからさえ、母と慕《した》われるのです。
戦中、戦後の壮絶な状況の中で、
人として目の前の方の思いをただただ受けとめて寄り添い、
できうる限りのことをして心休ませ、また外で戦えるよう、
がんばれるように心を尽くす。
その姿こそ、女性にとっての大事な人の守り方だと、深く感じ入りました。
これは、妻として母として夫や子どもに対してすることと同じように感じたのです。
トメさんは、それを自分の損得なしに純粋に、目の前の青年たち……、
日本人にも、アメリカ人にもそれをなさっていったのですね。
さくらまつりから帰ってきてから、息子を目の前にして、
「生きてゆくことを大前提に、これからもこの子を育《はぐく》んでいけるんだ……」
そう思ったら胸がいっぱいになりました。
主人にシェアしていても、有り難くて思わず泣いてしまって。

人生で初めて、ここまで深く感じ入る有り難さでした
（それでも日々ワーワーと叱ったりするんですが！　ははは）。
お孫さんである、現在全国で特攻隊やトメさんのお話の、
語り部をなさっている鳥濱明久兄さん。
お話、ありがとうございました！
私も、女性としてトメさんの在り方を全身で受けとめ、
自分の学びとして落とし込んで
自分の言葉で伝え自分の人生に反映させてゆきます。
素晴らしい仲間たちとの再会・新たな出会いにも心から感謝！
知覧は、ただ行って感じるだけでは意味がない地。
その感じたことを自分の日常に持ち帰って、
どう活かしてゆくのか。どう生きてゆくのか。それが重要だなぁと。
特攻隊をはじめ、先輩方が残してくださった、いまの日本で、

自分の意志をもって楽しんで生きてゆくことも大事、大事。
こんな素晴らしい機会をいただけたこと、
人財育成ジャパンの皆様、さくらまつりの仲間たち、
この日本をつくってくださったすべての皆様に心から感謝致します。

---

このさくらまつりでの出会いから、新しく知覧に人をつれてくるリーダーたちが、現在、続々と生まれてくるようになった。

このさくらまつりのことは、ここでは詳しくは割愛するが、毎年、信じられないような奇跡が勃発《ぼっぱつ》する。どこかで特攻隊員さんや、トメさんが見てくださっているとしか思えないようなことが起きる。スピリチュアル的なことには、とんと鈍《にぶ》い僕たちですら、そう感じるくらいだ。「変な奴らが来ているな」と、向こうの世界で笑って酒の肴にしてもらえるとうれしいなと思う。

特攻隊のことを調べはじめて、その間にいただいたご縁は、かけがえのない宝物になっ

ている。特攻隊員さん、トメさんはもちろんだが、「知覧に行け」と僕にチャンスをくれた祖父に、いまは心から感謝している。

# 第5章

# いまを生きる僕たちにできること

## 過去から渡されたタスキを受けとって生きる

# 講演活動を通して気がついたこと

「自分はこう生きたよ。ところであなたはどう生きる?」

初めて知覧に行き、日本を守るために命をかけた先人たちから問いかけられたような気がした言葉。これに対して、いまの自分に何ができるのだろう。僕はずっと考え続けた。

すぐに、はっきりとした答えは出なかったが、とりあえず、感じたことを身近な人たちから伝えようと決めた。

正直、最初は怖かった。自分の本業は当時、飲食店経営一本だけ。いまでこそ、年々「国」という存在に対してや、戦争当時のことが見直されてきてはいるが、当時は、国のことを真剣に話すと、なぜか「あなたは右ですか?」と眉《まゆ》をひそめられて聞かれることが多かったからだ。

確かにいまでもそういう声がなくはないが、当時の体験を聞くために、いろんな人のもとを訪ね歩いたり、知覧のことを調べていくうちに、かつての人々の気持ち、そして、特攻隊員は洗脳されて行かされたわけではなく、しっかりと時代の空気を知り、そして逃れられない運命をしっかりと受けとめて飛んでいったのだということを知るにつれ、だんだんその不安はなくなっていった。


35歳を過ぎ、全国各地での講演活動が増えていったことをきっかけに、本格的に、知覧のことを伝えさせてもらうようになった。

平均して講演にもらえる時間は、だいたい2時間。最後の30〜40分は「感謝」というテーマで、知覧の特攻隊や、鳥濱トメさんのお話をさせてもらっている。こうして、いまの日本の繁栄の土台になってくれた人がいたこと、そして彼らは未来に夢を託して命を散らせたことを知ると、たくさんの人が涙する。

「日本」や「国」という言葉を、30代以下である僕たちは、それほど耳にする機会がなかったために、ふだんは、あまり深く考えることはない。「国」というものに対して、しっかりと教育される機会が少なかったこともあるのかもしれない。

しかし、いま何十万人というたくさんの人たちに伝えてきた実感としてわかること。

それは、

**「日本に住んでいる人の大半は実は日本が好きである」**

ということだ。

そして、

**「自分たちが生まれ育った日本を愛するという気持ち、『愛国心』は、右でも左でもなく、世界共通の感情である」**

ということだ。

# 日本《クニ》を愛するって悪いことですか？

『風立ちぬ』
『永遠の0』

戦争を題材にした物語に、爆発的な脚光があたりはじめた。これは僕が知覧に通いはじめた頃はまったく想像できなかったことだ。

ある経済学者が、「歴史は70年で一つの区切りを迎える」という理論を発表したのを聞いたことがあるが、少なからず、僕はその論を信じている。

太平洋戦争の70年前は明治維新のスタート。そして２０１５年（平成27年）は戦後70周年にあたるのだが、一つの歴史が大きく変わりはじめたように思えて仕方がない。まずは、日本人の意識の変化。

その起点となったのが、3・11。東日本大震災だ。

あのとき、「国が何もしてくれない」と、文句ばかり言っていた日本人の口から、「いまの自分が日本のためにできることは何か？」

という言葉が出てくるようになった。

最近、「右傾化《うけいか》」という言葉を耳にする。しかし、右傾化とは何なのだろう。

自分の生まれ育ったふるさとと、母なる国である日本が好きだというだけで、右寄りになるのだろうか。

よく考えてみてほしい。自分の愛する家族や友人を大切にする。これは隣人愛だ。そして会社を愛し、一生懸命働く。愛社精神。そしてその集合体が町や市になり、その延長線上に県や地方がある。

「大分県のために、そして九州のために」という人は、「愛郷心があるね。ふるさとの誇りだ」とほめられる。

**しかし、これが、「日本のために、生まれ育った祖国のために」という「愛国心」になった瞬間、何か、言ってはいけないことを言った、そして聞いてはいけないことを聞いたような気になる人が多い。**

**すべては一直線上にあるのにもかかわらずである。**

**その理屈ならば、つまり、愛国心が右傾化なら、愛郷心も、愛社精神も、家族愛までも、すべてが右寄りということになる。もっと突き詰めて言えば、自国を愛する世界中の国、このすべてが右寄りということだ。**

これはおかしい。どの国に住む人だって自分の国を愛する。それは世界の共通感情だ。つまり、右でも左でもなく、当たり前のど真ん中にある、ごくごく普通の感情なのだ。

僕は講演の最後にいつも、この話をさせてもらっている。多くの若い人が涙する。80歳近い大先輩方も来てくださることがあるが、「よく言ってくれた」と手を合わせてくださる方もいる。

そんな姿を見ながら、「いったい、この日本はどれだけ自国を愛することを押さえつけられてきたのだろう」と思う。

どの国も、進化の過程の中で、いろんな経験をする。世界各地にはいろんな感情があるし、教育や文化もある。しかし、自分のふるさとや、国を愛する感情にブレーキをかけることは誰にもできない。

講演会でも、「日本は好きですか?」と聞くと、ほとんどの人が、「はい」と言う。ロストジェネレーションといわれた僕たちの世代から下は、とくに戦後教育をされていないから、イデオロギー的には真っ白に近い。

国とは自分を育ててくれた母のようなものだ。誰だって、生んでくれた母は好きだし、感謝する。日本が嫌いなら、それはそれで、個人の自由だから仕方ない。

しかし、もし、日本が好きだという、愛国心があるのなら、その気持ちには、もっと誇りをもっていい。

映画を通して、そしていろんなことを通して日本人が日本という国を考える。そんな当たり前の時代が来たのだ。

# 美化って何だろう？

日本は戦争に負け、当時の考え方や教育をほとんどと言っていいほど否定された。いままで言えば、やりたい仕事に就《つ》いたり、自由に自分を表現する行動が、ある日突然すべて禁止されるようなものだ。フェイスブックやブログで自分のことを表現すると、牢屋《ろうや》にぶち込まれる。それくらいの変化だ。ピンとこないかもしれないが、時代はそういう変化を実際に経験してきた。

いまの平和な時代では考えられないが、みんな戦争をしていた、という時代があった。メインの空気として、開戦当初は多くの人がイケイケだったのだ。トメさんや特攻隊員の章で書いたが、特攻隊員は戦時中、「軍神」と呼ばれていた。それが戦後、一変して「軍国主義の象徴」に変わった。何とも極端な話だが事実だ。

「戦争を美化するな」という言葉がある。もちろんだ。戦争を美化などしてはいけない。**しかし、日本が危機にさらされたあの時期、やむを得ぬ状況の中で、大切な人を守ろうとして戦った人たちがいたこと。そして、その精神性までもをすべて否定するのは、目の前で溺れている人を助けようと飛び込んだ人を、「無駄死にだ」と全否定して、その行動に泥を塗りたくるのと同じことだ。**

しかし、実際に日本は、その選択をした。特攻隊の意志は戦後、否定され、泥まみれにされた。少々、きれいにしたところで、おそらくその生き残りの人たちや、家族たちが受けた心の傷をぬぐいさることはできないだろう。

実際に僕たちは当時の特攻隊や、家族たちの心境になることはできない。しかし、日本をつくってきた人の歴史をしっかり学び、表現することを、ただ「美化」という言葉で片付けるのはいかがなものだろうか。

国や特攻のことを論じると「軍国主義の復活」と恐れる声もある。しかし、それは道路から300メートル離れた田んぼの中で遊んでいる子どもに対して、「道路が近いからここで遊んではいけません」と叫ぶのと同じだ。

もしも、いま「国や大切な人を守る」という、当時のレベルの使命感をもっている人がたくさんいれば、学級崩壊や、汚職騒動、公共性の欠如や親殺しなどという番組やニュースが、こんなにも毎日流れる日本にはなってはいない。

戦争、それは極端な時代だ。しかし、個人のエゴだけが暴走しているように見えるいまの時代も、ともすれば極端な時代と言わざるを得ない。極端は行き過ぎるとはじけ飛ぶ。大切なのはバランスの真ん中だ。

日本に住む人が他の国の人と同じように、自分たちの祖先や歴史に誇りをもち、先人に恥じないように次の時代をつくっていくためにも、真実をしっかりと学び、そして人間の都合で不当に塗り立てられた泥を落とすのは、決して不当なことではない。そこに気づき、行動していくことが次世代である僕たちの役割だ。

# 家族のために？　国のために？

特攻隊員さんの残したかったものを探していく中で、いろんな人のもとに足を運んだ。生き残りといわれた人、教官だった人、映画をつくった人、本を書いた人。人間の気持ちは一つではない。もちろんいろんな考え方に出会った。その中で、印象深いことがある。

特攻隊の飛行機の状態を調整するエンジニア役、整備兵だった方を訪ねたときのことだった。その頃は、僕の中でも、家族と国というものが、一直線上にあると気づいていなかった。とても優しい雰囲気の方だったので、僕も思っていることを遠慮なく言った。

「特攻隊は、国のためじゃなくて、家族のために行ったんですよね」

僕の言葉に、その方の顔色が変わった。そして、こう言われた。

「どう考えても君の勝手ではあるがね。

その程度の価値観で彼らを測るのはやめなさい」

静かな一喝だった。言われた瞬間は意味がわからなかった。ただ、なにも言い返しては
いけないような迫力に、背中から汗が流れた。

その方は言葉を続けた。

「私たちはみな、日本のために、そして家族やふるさとを守るために生きていた。

あの時代の多くの人はおそらく、そうだと思う」

「あ、すみません」

僕は地雷を踏んでしまったのか。とりあえず出た僕の謝罪の言葉にうなずくこともなく、
その人は僕に聞いた。

「たとえば国会議員や、警察官や学校の先生もそう、他にもなんらかのかたちで地域のた

めに生きている人たち。あの人たちは家族のためだけに、そんなハードなことをしていると思うかね？」

「そう言われるとわかりません」

**「人はね、誰かのために生きてこそ人なんだよ。そして、その誰かが、君にとっては家族だけなのかもしれないね。でもね、私たちの頃は違った。**

**家族はもちろん、いまと同じように大事だよ。ただ、いまと違うのは、たとえ出会ったことがなくても、同じ日本に育ったすべての人のことも大切に思っていたんだ。**

**その大切な『誰か』の桁が、いまの君よりずっと大きかったんだよ」**

目から鱗《うろこ》が落ちたというのは、こういうことを言うのだろう。その日から、「家族のためであって、国のためなんかじゃない」という言葉は捨てた。

「公が大切か、それとも個あってこその公なのか？」

この議論がよくされるが、僕が生まれ育った頃から、「個」が優先されすぎて、「公は悪」

という意識が、日本全体に蔓延してきたような気がする。

学級崩壊、父権の失墜、企業の不祥事、そして理由なき殺人。「公」の中で生きる「個」という意識が薄れていくと、当然、人は自分のことばかりを考えるようになる。

義務と権利のバランスが崩れ、権利ばかりを主張するようになる。

人の迷惑よりも、自分の感情のほうが大切になる。

フォー・ミー感情がどんどん助長されていき、自己愛が肥大化する。

すると、人は、自己客観能力を失う。

僕のふるさとの大分県中津の英雄、日本の啓蒙《けいもう》思想の祖、福沢諭吉先生がこう言った。

「一身独立して一国独立す」

人とは国であり、国とは人である。まわりの人ではなく、まず自分自身がしっかりと学び、己を立てること。これこそが、まわりの人を幸せにし、ひいてはこの日本を独立させることになるのだ。だから人は、まわりの人のためにも学ばなくてはならない、という意味の言葉だ。

これはつまり、「公」のために「個」を磨けということだ。もちろん、これにはバランスが大切だ。あまりにも「公」が大きくなりすぎると、かつての戦争のときのように「個」がつぶされる。逆に「個」ばかりがもてはやされると、一つのチームとしてのまとまりは、当然なくなる。いまの時代はあまりにも「個」に偏《かたよ》りすぎている。

過去を学ぶことによって、極端に偏らないバランスを探すのが、次世代の使命だ。あくまで、目的地は「個」と「公」の中間点だ。すべての答えはバランスの中心にあるのだから。

# 優しさを我慢するな

知覧に通いはじめてから、いろんな人たちを知覧に案内してきた。

もちろん、人によって、捉え方はさまざまだ。僕の場合は、たまたま、かつての日本人の生き方を、「フォー・ユー精神」という言葉で伝えてさせてもらっているが、この考え方は、戦前戦中と、戦後で大きく変わったところだ。

たとえば子どもに対する母親の言葉などがわかりやすい。いつの時代も子どもは遊びたい生き物だ。しかし、勉強をしなければいけないのは同じ。「ねえ、お母さん。僕はなんで勉強をしなきゃいけないの?」という単純な疑問は、昔もいまも変わらない。しかし、これに対する親の回答は大きく違う。

昔は「あなたが勉強するのはね、世のため人のために役に立つ人間になるためなのよ」という答えが一般的だったという。

しかし、いまはどうだろう。よく聞く言葉を挙げるとすれば、

「あなたがいい学校に行って、いいところに就職するためなのよ。だからね、自分のために勉強するの。それがあなたの幸せの道なのよ」

……みたいなところだろうか。

「世のため人のため」に学ぶのか、「自分のために」学ぶのか、どちらを教えるかで子どもの考え方は大きく変わる。当然ながら、前者は「フォー・ユー」を無意識のうちに覚え、後者は「フォー・ミー」が植えつけられることになる。

人間には自分中心的なエゴの部分もあれば、大切な人を思う心や、思いやりといった、愛もある。この二つが気分や状況によって変わるのが人間の本質ではないだろうか。この「フォー・ユー論」を展開していくにあたって、時代に流れるどことなくニヒルな考え方があることを知った。

「人のためって言うけど、結局それは自分がうれしいからやっていることでしょ。だから結局自分のためだよね」

「人のためなんて嘘くさい。それって偽善だよ」

確かに「人のため」を看板にして、偽善を働いたり、誰かをだましたりする人も中にはいるかもしれない。**しかし、母が子を思う気持ち、友達を思う気持ち、自分の大好きな人を思う気持ちは、本当にすべて「自分のため」と言い切れるのだろうか。先ほども言ったように、人の心の中には、誰かを思いやる愛の部分も必ず存在する。**

考えてみてほしい。あなたも困っている人を目の前にして、「自分に何かできることはないかな」と考えたことがあると思う。しかし、その「愛」をかたちにしようとするときに、「偽善」や「かっこつけ」という空気に流されて一歩が出なかった経験があると思う。

「優しさを我慢しないでください」というと、涙する人もいる。まわりの反応を気にして行動にフタをされている人が多いことは事実だ。

そもそも「人のためなどない」などという、みんなが自分のことしか考えない世の中になってしまったら、なんと味気ないことだろう。

自分の思いやわがままが通らなかったら人は苦しむ。しかし、逆に自分の中にある「愛」を我慢させられるのも苦しいものなのだ。

僕もそんな時期があった。「大切な人のために」と思ったとはしても、それを口にするとバカにされるような気がしていたのだ。しかし、幸運なことに僕は人生の先輩たちに恵まれた。その人たちは、常に「人に喜んでもらえ」、もしくは、もっとストレートに「人のために生きろ。それが人間だ」と言い切る人が多かった。

まだまだ僕はその言葉通りに生きることはできてはいないが、「人のために」と照れずに言い切ってくれる大人たちの言葉にフッと心が軽くなったことは何度もある。おそらく「偽善」と言われることを恐れて閉めていた心のフタを、その人たちが外《はず》してくれていたのだろう。そして、いまの若者も、僕と同じように、「人のためにという気持ちは間違っていない」と言い切ってくれる大人が出てくるのを待っているような気がする。

## 「個」を超えなければいけない瞬間がある

そもそも、こうして「人のため」とか「自分のため」とかをのんきに論じ、ゆっくり考えることができること自体が、すでに平和なのかもしれない。

戦後、「世のため人のため」という言葉は消えた。

世の中は便利になり、人の生活はどんどん楽になっていった。

いまの若い人たちの中には、かつて日本がアメリカを中心とする大国と、戦争したことを知らない人もたくさんいるという。やっぱりどう考えてもいまの日本は幸せだと思う。

しかし、いつの時代も人間は、他人との関係の中で生きていかなければいけない「関係性の生き物」だ。当然、ある程度の制約は生まれた時から課せられる。いくら豊かになったからといって、その枠から飛び出して生きることはできない。

そのうえで思うことだが、こうして生きている以上、自分の感情をある程度抑えたり、自分の思い通りにならなかったとしても、行動しなければいけない瞬間はある。

わかりやすく言えば、我慢だ。

これがなければ、人間の集団は壊れる。

「我慢してまで人に合わせたくない」

「自分の思った通りに自由に生きていきたい」

「いやだから会社を辞める」

全員がこんなことを言い始めたら、組織やチームは全く機能しなくなる。しかし、現代は、主としてこんな空気に覆われているような気がする。ある程度の我慢をしなければいけない瞬間もあることは事実なのだ。

しかし、こう言うと、「自分を犠牲にしてもですか?」という質問が飛び出してくる。これはそれぞれの価値観ではあるが、「自己犠牲」という言葉は使い方が難しい。しかし、豊かな時代になったために、「我慢」のボーダーラインが甘くなっていることだけは確かだ。

**言葉の表面だけを捉えられると困るが、あえて誤解を恐れずに言えば、残念ながら、誰かのために自分を犠牲にしなければいけない瞬間はある。**

恋人や家族に危険が生じたとき。部下がミスをしたとき。なんらかのことが起きて、大切な人が困っているとき。そして、仕事においても、最初からある程度の「自己犠牲」が前提とされる仕事は世の中にたくさんある。

たとえば町で暴漢が暴れているとき、警察官が自分の安全のために、見て見ぬ振りをすれば、当然非難される。消防士が火を怖がって逃げれば、家は燃え尽きてしまう。先生が自分の気持ちや都合ばかりを考えて、生徒と向き合うことをしなくなれば、学校は成り立たなくなる。

そう考えると、世の中は不公平な部分もあるかもしれない。誰かが楽をする陰で、誰かが大変な思いをしていることはザラにある。

権利ばかりに走ると、人はエゴイストになる。

個性は大事だが、その側面だけにスポットを当て続けると、わがままも個性。人の迷惑を考えないのも個性。めちゃくちゃな理論だけがまかり通る世の中になってしまう。

そう考えると、ある程度の我慢は必要だし、自分を犠牲にしてでも、大切な人を守るヒーローが求められていることも確かだ。感動を生み出すドラマに、自己犠牲のシーンが入っていないストーリーなど存在しない。


自分の都合だけを考えて要領よく生きるのか、それとも、ある程度の制約があることを受け入れて、人を幸せにするという覚悟をもって生きるのか。人の生き方はこのどちらかだ。そして、選ぶのはあなた自身だ。

# 戦後の経済発展をつくった教育とは？

国の先行きを一番大きく決めるもの。それは教育だ。そのときにどんなことを教えられたかで、子どもたちの将来は決まる。

しかし、これは子どもたちだけに言えることではない。人間は生きている以上、勉強の連続だ。人はまわりに取り囲まれている多くの情報の影響を受けながら考え方をつくっていく。テレビ、インターネット、そしてこうした本もそうだろう。こうした情報産業は、よかろうが悪かろうが、すべてを教育産業と言い切っても過言ではない。

戦後、それまでの教育はほとんどと言っていいほど否定された。教育勅語はすべて廃止され、修身（いまで言う道徳）の教科書は墨で塗りつぶされた。教科書で見た覚えのある人もいるのではないだろうか。

教育には時間がかかる。自然に流れを変えようとすれば、新しい価値観の浸透には30年から50年はかかるという。ということは、戦争が終わり、教育が変わったとしても、時間はかかったことになる。当時は新聞やマスコミの強烈なプロパガンダ（情報操作）によって、価値観の変化の速度は速かったが、それでも教育に時間がかかったことだけは確かだ。日本は1945年（昭和20年）に戦争を終え、そこから約10年足らずで、高度経済成長が始まった。そして戦後約20年で、新幹線の開通や東京オリンピックが開催されるという奇跡の復興を果たした。

**この時代に社会の第一線で日本を支えた人たち、それはいつの時代も30代から50代くらいまでの人たちだということを考えれば、その人たちはだいたい明治の末期から大正、そして昭和初期に生まれた人たち、つまり僕たちのおじいさんやひいおじいさんたちの世代、ということになる。**

**敗戦で、それまでの価値観をすべて否定はされたものの、「国のために」、「大切な人たち**

**の幸せのために」生きることが当たり前という、戦前の教育を受けた人たちがつくり上げたということだ。**

これに対して、戦後教育を受けはじめた団塊の世代と呼ばれる人たち（もちろんすべてではないが）がその土台の上でつくり出したのは、あのバブル経済、そしてその後の混沌だった。

もちろん教育に100％の正解などない。戦争が始まる前は、たしかに軍の統制や、いまの時代から見れば、めちゃくちゃな教えもあることは否めない。しかし、その精神性すべてを否定はできない。

日本は島国だ。昔から人を資産としてここまで伸びてきた国だ。資本主義とは言うが、その資本は一概にお金というよりは、日本人という労働力を資本としてきている。それがよかろうが悪かろうが、僕たちは、その土台の上で生活をさせてもらっている。そして、いまの僕たちの世代が生み出した日本が、僕たちの子どもや孫たちに受け継がれていくことになる。

# 意志を継ぐということ

僕たちはどんな日本をつくっていけるのだろうか。

「戦前の教育は間違いだった」という言葉を、ただ鵜呑《うの》みにして全否定するのではなく、戦後、世界に誇れる労働力を生み出した教育として、もう一度いいところは見直してみるべきではないだろうか。

これは聞いた話だが、人は自分の命のリミットを知り、そのことを受け入れたとき、本当の意味で、大切な人のためにできることを考えるようになるという。特攻隊員たちの遺書を読んでもらったら理解してもらえると思うが、人間の中にそうした特性があるのは明白なことだ。

しかし、まだその宣告を受けていない僕も含めた多くの人たちは、明日が来るということをみじんも疑わずに生きている。

あなたには、子どもはいるだろうか？　もしいなかったとしたら、誰か大切な人でもいい。もし、あなたが死んだとして、想像してみてほしい。僕たちは死んでいないからはっきりとは無理かもしれないが、あえて、その前提で質問したい。

死んだ後、もし、自分の意識がはっきりとしていて、ただ、いまを生きている人たちからは姿の見えないところに行ったとしよう。まあ、透明人間になったとでも思ってもらおうか。おそらくあなたは残った人のことを心配しながら見つめるかもしれない。自分が天に行ったとき、その人たちにどう生きてほしいだろう。生前の自分をどう言ってくれたら、うれしいだろう。

**情けない姿をして生きている身内を見たいだろうか。**

**あなたに感謝もなく、自分勝手に生きている身内を見たいだろうか。**

そんなことはないはずだ。やはり人間なら、大切な人には胸を張って誇り高く、そして幸せに生きてほしいだろう。

もちろん、そんな世界があるのかどうかは死んでみないと分からない。死んだら意志も、そして自分の意識もすべて無になるかもしれない。それでも、もし、なくなった人に意識があったとしたら？

特攻隊員の多くは自分の大切な人の幸せを思って逝《い》った。そして自分の死が、未来の日本人たち、つまり僕たちの幸せにつながると信じていた。

この思いを「関係ないよ。そんな昔のこと」と他人事とするか、自分のことと捉えるかで、その後のあなたの行動は変わる。その意志を残した人が、実際に本当の身内だったとしたら、自分に宛てた遺言だったとしたら、その意識はもっと強くなるはず。亡くなった人だとはいえ、これも一つの「人を大切にする」ということだと思う。

では具体的に何をしたらいいのか？

特攻隊員の後に続いて、敵艦に突っ込むことか？　違う。あの人たちはそんなことは決して望んではいない。

「もう二度とこんなことが起こらないように。平和な日本を作るために、自分たちの命を使ってこの戦争を終わらせる」

そう思って命をかけた崇高な人たちは、そんなことは思わない。あの人たちの望むこと、それは――。

**いまより少しだけでも、感謝をもって生きることだ。**

**いまより少しだけでも、強く生きようと意識することだ。**

**いまより少しだけでも、笑顔で生きることだ。**

**いまより少しだけでも、自分の仕事に誇りをもつことだ。**

**いまより少しだけでも、あなたが人生で出会っていく目の前に現れる人たちに、思いやりをもって接することだ。**

**そして、いまより少しだけでも、この日本に生まれたことに誇りをもつことだ。**

そう考えるとできることは山のようにあるし、いまからでも始められる。苦しいこともあるかもしれないが、生かされている。ありがたいことに、僕たちはまだまだこれからも生きていけるのだ。

僕たち人間は未来に夢を見る。その希望を糧にして生きていく生き物だ。人間を木にたとえると、未来は自分の枝葉だ。夢を見るということは、その枝葉をどういうふうに、どこまでのばしていけるかということだ。

しかし、目には見えないが、木には根っこがある。この根っこの部分は過去、そして自分たちの両親、そしてご先祖様だ。いろんな時代に生まれ、いろんな思いをしながら、いままで命をつないでくれた人たちの思い。亡くなっても、意志だけはしっかりとあなたの中で続いていく。

根っこをしっかりと意識していくこと。そして根っこに水を注いでいくこと。その水とは僕たちの「感謝」だ。

「自分たちはどこに向かっていくのか？」

つまり未来を夢見ること。

それ以上に大切なのは、

**「自分たちはどこから生まれてきたのか」**

という、過去に対する意識をもち、そして学んでいくことなのかもしれない。


先人が命がけで残した意志。無駄にするかどうかは、これからの僕たち一人ひとりの在り方にかかっている。

つらい過去をそのままで終わらせてはいけない。過去は僕たちにいろんな大切なことを教えてくれる。僕たちはその土台の上に立って、幸せに生き、そして先人たちの意志を未来への希望へ変えるために命をもらったのだ。

# 歴史を知った人間が覚えておくべきこと

歴史は続く。僕の場合はたまたま祖父の言葉に従った結果、知覧との出会いがあった。知覧から飛び立った特攻隊員さんの中に、本当の男の姿を見た。

そして、こんな人たちに恥ずかしくない自分でありたいと思って、僕は生きている。

僕にとっての特攻隊員さんたちの姿がそうであるように、「こんなふうに生きたい」というモデルは、誰の中にもあるのではないだろうか。

それは、ある人にとっては幕末の維新志士《いしんしし》さんかもしれない。本や映画で知った人かもしれない。あるいは、たとえ歴史に名を残すようなことはなくても、もっと身近な、素晴らしい生き方をしてきた、あなたが尊敬している人かもしれない。

誰の生き方を参考にするのもいい。しかし一番大切なこと。

**それは、「ところで自分は、どう生きるのか？」ということだ。**

知覧の話をさせていただくようになってから、「僕も知覧に行ったことがあるんです」という声をたくさん聞かせてもらえるようになった。

「知覧は泣ける。日本人なら一度は行くべき」という言葉もよく聞く。

しかし、問題はそこから先だ。

「感動した」

「自分が情けなくなった」

ただ泣いてばかり、感動してばかりではもったいない。

もちろん、そこに興味をもつだけでも素晴らしいのかもしれないが、そこから何を学びとり、そして自分の人生にどう活かすのかを想定してから、知覧に行ったり、本を読んだりしたほうがずっと先に進むことができる。

「何のために命を使うのか」

「誰のために命を使うのか」

命の使い方は人の数だけある。その使命感を発見するために歴史は存在する。大きなことをするだけが男ではない。

誰が見ていようが、見ていまいが、自分の信念に従って生き、そして大切な人を守る。そこが設定できると、男の目には自然とスイッチが入る。輝きを増す。

英雄の生き方に憧れ、そして、少しでもそこに近づく努力をする。

それもいい。**しかし、何より大切なのは、その英雄を目指すことではなく、その英雄が見た世界を、ともに目指していくことだ。**

時代によって、その見方や表現方法、そして生きざまは異なるかもしれないが、いつの時代も、男たちが追いかけた未来のかたちは同じだ。

それは、大切な人が幸せに過ごすことができる国、そして、その中で、楽しく生きる自分の大切な人たちの笑顔。きれいごとに聞こえるかもしれないが、いつの時代も男たちはそこにたどり着くために命を使ってきたのだ。僕はそう信じている。

# タスキを受けとった走者たちへ

「君たちをこんなところで働かせてすまないね。いまの日本は非常時だから、君たちも勉強できないんだけど、僕たちが必ず戦況を好転させて、君たちを学校に戻してあげるからな。待っててくれよ」

「僕たちが君たちを守ってあげるからね。心配しなくていいからね」

「僕たちは日本をよくするために行くんだよ。だから日本は絶対によくなるよ。だから安心しててね」

私たちにいつもこう言ってくれた、わずか二十歳前後の若者たちは、どのような思いを抱いて知覧基地を飛び立ったのでしょうか。

特攻隊員たちのほとんどは、自分の命の犠牲が日本に繁栄をもたらすと信じていました。死の代償、死の対価として、日本の勝利を信じていました。もし、信じていなければ、死んでも死にきれなかったでしょう。

父母を思い、兄弟姉妹を思い、国を思い、そして永遠の平和を願って行ったのでしょうか。多くの遺品や遺稿が、様々な思いを語りかけてくれるように思います。

最近では、毎年各地から60万人の人々がこの知覧をおとずれますが、ある人は涙を流し、ある人は言葉を失って沈黙を守り続ける光景が、毎日のように繰り返されています。

平和に生きる現代の人々に、特攻隊員の死が、何かを語りかけているからに違いありません。「誰かが表現しなければ、事実は事実として存在しない」。カール・ベッカーの有名な言葉を思い、これを書いています。

知覧富屋食堂ホタル館　前特任館長　赤羽礼子

これは、鳥濱トメさんの次女であり、数日後に飛び立つ特攻隊員のお世話をした、知覧高女生（当時中学三年）の言葉だ。そしてこの言葉通り、結婚した後、東京の新宿に、「特攻隊員が集まれる場所を」という思いで、「薩摩おごじょ」という居酒屋をつくった。

礼子さん亡き後、現在は息子の潤さんが継いでいる。

特攻隊員さんからトメさんへ。

そしてトメさんの言葉を受けた板津さんが平和会館の礎を築いた。

孫の明久さんが、知覧茶屋、ホタル館をつくった。

娘の礼子さんが、薩摩おごじょをつくった。

そして礼子さんの息子である潤さんへと意志はつながっている。

これが生まれた一つの理由、それは「語り、伝えなければ」という意志がしっかりと根づいていたからだ。しかし、人間は歳を取る。その人たちもやがて、この時代からいなくなっていく。どんなかたちかはわからないが、次に意志を継ぐのはあなたかもしれない。

# 自分のためだけに生きるか？意志を継いで生きるか？

私は郷土を守るために死ぬことができるであろう
私にとって郷土は愛すべき土地、そして愛すべき人であるからである
私は故郷を後にして、故郷を今や大きくながめることができる
私は日本を近い将来大きくながめる立場となるであろう
私は日本を離れるのであるからそのときこそ
私は日本を本当の意味の祖国として郷土として意識し
その清らかさ、気高さ、尊さ、美しさを守るために死ぬことができるであろう

林憲正　25歳

婚約者であった伊達智恵子さんの幸せを願って逝った穴澤利夫さんの手記にはこう書いてある。

---

過去、現在、未来と時は流れ、人間に歴史を与えていく。

遥か昔から変わらずに流れていく永遠という時間への憧れを持ちながら、自分に与えられたわずかな時間を楽しみ、現在を設定し、過去と未来を持つ。

それを矛盾した事と笑ってはいけない。果てしない時も、世間の人は「自分の人生50年」と同じ長さと思いながら生きているのだから。

俺も、普通の人間だ。こんなに短い生涯ではあったが、その中に過去があり現在がある。自分の都合とか便利さだけを追求するために、過去や未来といった永遠なものを切り取ることはできないのだ。

いくら一人の人間の生涯に限りがあるとは言えど、それは言うまでもない。

利夫

**つまり人間は過去の延長線上にいまがあり、いまの延長線上に未来があるということなのだ。一人だけの人生などない。自分の存在があるがために、他人にもなんらかの影響を少なからず及ぼすことは間違いのない事実だ。**

僕たちはいま、遥か昔から未来へと続く歴史の中に生きている。限りある命を、自分のためだけに生きるのか。それとも永遠に流れるときの中を生きるタスキリレーの走者として、遺志を継ぎ、そして未来へ遺志を伝えるために生きるのか。

あなたの中のその答えは知覧にある。

エピローグ

# 未来へ

2012年4月4日、午後7時。鹿児島市内のちゃんこ屋に僕たちはいた。

そこでは第6回の知覧さくらまつり、テーマ「絆」が終わって、その打ち上げがおこなわれていた。打ち上げの参加者は約150名。他の100名は、翌日からの仕事に備えて、飛行機や新幹線に乗って、鹿児島を発《た》ったため、それくらいの人数だった。

さくらまつりの事務局を無事つとめ終えた僕の会社のスタッフたちも、参加者に混じってワイワイしていた。宴もたけなわとなり、打ち上げの最後の挨拶、つまり本当にその年の、さくらまつり終了の時間となった。

毎年の恒例で、最後の挨拶は、さくらまつりの後見人であり、知覧富屋食堂の後継者、鳥濱明久さん。それまでの盛り上がりは、一転、水を打ったように静かになり、明久さんはいつものように静かにマイクを持って話しはじめた。

「私は鳥濱トメの孫として、約20年間、知覧の地でかつての特攻隊員の意志を伝えつづけてきました。そして11年前から、東京の薩摩おごじょを経営している、叔母の礼子とダブル館長として、力を合わせて富屋食堂ホタル館を守ってきました」

ちゃんこ屋は座敷だった。その話を体育座りして聞いている者、正座して聞いている者、少しうつむいて目を閉じて聞いている者。さまざまだった。僕は鹿児島の兄貴分、DJポッキーさんと並んで座って聞いていた。

「トメがよく言っていました。『人間の命はね、限りがあるんだよ。だから一生懸命、いまを大切に生きていかなきゃいけないんだよ』。

そう言っていたトメも、そして、叔母の礼子も亡くなりました。30歳で伝えはじめた私も、気がつけばもう50歳になりました。やがてもっと歳をとる。そしてやがてこの世を去る。それは事実です。

ここからの私の役割は、この意志を次世代に伝えていく若者にタスキを渡すことです」

そうだ。俺たちもがんばんなきゃ。そう思いながら聞いていると、明久さんが思わぬ言葉を発した。

「叔母の礼子に頼んでやってもらっていた、いまは空席のホタル館特任館長。この役を永松茂久に任命します」

一時、その場はシーンとなった。僕も明久さんが言っている言葉の意味がわからなかった。ぼーっとしていると、まわりが大騒ぎしはじめた。ポッキーさんが「ほら、前に行け」と僕の背中をポンと叩いた。

特攻隊員やトメさんから礼子さん、明久さんへと渡されたタスキがどれくらい重いものかは、普通の人より僕のほうがわかっている。まがりなりにも、ずっと知覧に通い、自分なりに研究してきた僕にとっては、この世でトップクラスに入るくらい重い責務だ。

考える時間が欲しかった。前に出された僕は、明久さんに言った。

「ちょっと待ってください。その役はあまりにも重いです。考えさせてください」

動揺しまくる僕に明久さんは、言った。

「ダメ。もう決めたから、おまえがやれ」

再びマイクを持って、明久さんはみんなに言った。

「みんな、特任館長としての永松茂久を支えてやってくださいね。いいかな？」

それに応えて声を発する人、バンザイする人、拍手をくれる人、会場は騒然となった。

その中で、静かに、いちばん後ろの壁際に立って泣いている連中がいた。うちのスタッフたちと、さくらまつりをずっと支えくれた大切な仲間である、鹿児島の宮之原明子&美香姉妹だった。

「なんとかして知覧を日本に伝えよう」と活動を始めた初期のメンバーたちは、いままでやってきたことが走馬灯のように駆けめぐったのだろう。彼らには、その任務の重さと、あらためて、ここで必要な覚悟がわかっていたのだと思う。

みんなに、挨拶をさせてもらった。そして、その日から僕は、かつての先人の意志を継ぎ、意志を伝えるというタスキをもらった走者の一員になった。

「死」があるからこそ、生きている時間が限られるからこそ、人は前を見てがんばれる。

一分一秒「いま」という時間は減るからこそ、命を使って何かをなしていく大切さに気づくことができる。

そして、人は誰かを幸せにするために生まれてきたということを知ることができる。

一つだけ確実に言えることがある。それは人生の一番の喜びは、自分の命を何かに変えることができるということだ。

そして、その何かとは——。


**愛する人の幸せのための礎になるということ。**

**自分の行動を通して未来の勇気になるということ。**

**先人の意志を継ぎ、後世へ意志をつないでいくということ。**


どう考えても、やっぱり、現代を生きる僕たち日本人は、いまよりもっと「公」に生きるべきだ。気高さとは「自分の命を使って守りたい大切な何か」を自覚している人にのみ宿り、その輝きの中に生まれるのだから。

人として一番大切な、そのことを教えてくれたかつての先人たちへ、この言葉を伝えてから、また、いまから前を向いて一歩ずつ歩き始めたい。

「すばらしい未来をありがとうございました。あなた方のおかげで、僕たちは、いまを幸せに生きています。

しっかりとタスキは未来へとつなげていきますので、見守っていてください」

先人たちの教えを無駄にするかどうかは、あとに続く僕たちにかかっている。いつの時代も新しい歴史は若者たちがつくるのだから。

さあ、こんどは僕たちがフォー・ユー・イノベーションを起こす番だ。

## 参考文献

『ホタル帰る―特攻隊員と母トメと娘礼子』赤羽礼子／石井宏著（草思社刊）
『日本への遺書―生き残り特攻隊員が綴る慟哭の書』田形竹尾著（日新報道刊）
『群青―知覧特攻基地より』知覧高女なでしこ会編（高城書房出版刊）
『特攻へのレクイエム』工藤雪枝著（中央公論新社刊行）
『新・ゴーマニズム宣言SPECIAL 戦争論』小林よしのり著（幻冬舎刊）
『2022―これから10年、活躍できる人の条件』神田昌典著（PHP研究所刊）
『日本人はいつ日本が好きになったのか』竹田恒泰著（PHP研究所刊）
『日本はこうして世界から信頼される国となった―わが子へ伝えたい11の歴史』佐藤芳直著（プレジデント社刊）
『陸軍特別攻撃隊の真実 只一筋に征く―愛するものを護るため、大空に飛び立った若者たち』（ザメディアジョン刊）
映画「俺は、君のためにこそ死ににいく」（東映）
映画「ホタル」（東映）
舞台「流れる雲よ」（演劇集団アトリエッジ）
舞台「THE WINDS OF GOD」
DVD「TOKKO―特攻」リサ・モリモト監督（ポニーキャニオン）

## 協力

富屋食堂 知覧ホタル館　知覧特攻平和会館　知覧さくら館　株式会社清友
富屋食堂 知覧茶屋　知覧文化会館　南九州市　南薩観光株式会社
薩摩おごじょ　知覧なでしこ会　南九州市青年部知覧支部

## 新装版あとがきにかえて
### ――たとえ私が死んだとしても

『人生に迷ったら知覧に行け』。

新装版として出版された本書が生まれた2014年から9年の歳月が経った。

著作家としてこれまでに32冊の本を書き下ろしたが、この本ほど、「この本を読んで知覧に行きました」というメッセージとともに、読者に実際の行動を促した本は他にはない。

新型コロナウイルスの感染拡大、ウクライナ危機、ITの進化、そしてAIの出現。9年というわずかな歳月で、この地球にはいろんな変化が起きた。

その中で、知覧の活動も大きな変化が起きた。それはタスキリレーの走者。

2021年7月5日。僕の知覧活動の師であり、本書を書く一番のきっかけとなってくれた鳥濱明久さんが、62歳の若さで、この世を去った。後継者として、息子の鳥濱拳大《けんた》さんが30歳で富屋食堂ホタル館の館長になった。僕自身、「拳大に引き継ぐまで」という約束のもとに引き受けた特任館長の任も、明久元館長の逝去とともに返上した。

入院中、明久さんと電話でいろんな話をした。

その会話の中で、いちばん記憶に残っている言葉がある。

それは、

「たとえ私が死んだとしても、知覧の遺志は必ず続いていく。

歴史的史実の継承も大切だが、もっと大切なのは遺志の継承だ」

というものだ。

歴史の記憶というのは、時代が過ぎて、当事者や語り手がこの世を去るにつれ、正確な伝承が困難になる。それは伝えることに対して、少なからず個人の性格や都合、そして感情が混じっていくからだ。

しかし、遺志というものは、それが普遍的なものであればあるほど、次世代になるにつれて大きくなっていく。

現に「フォー・ユー」の思いを受けとった「知覧さくらまつり」のメンバーも、それぞれ以前より力を得て、いま全国で活躍している。当時の僕の会社のスタッフたちも、全員が飲食店の経営者になった。僕自身も、拠点を大分県の中津市から東京に移し、飲食業から執筆、講演と表現の場を変えて、たくさんのベストセラーに恵まれることができるようになった。現在は、さらに、本にまつわるスクーリングへと事業の軸が変化している。

その連鎖《れんさ》のはじまりは、すべて「人生に迷ったら知覧に行け」と言ってくれた祖父の一言から始まり、いまに至ったことからも、時間を追うごとに、遺志は大きくなっていくことの一つの証明なのだと思う。

知覧に行って涙する人はたくさんいる。これは素晴らしいことだと思う。

しかし、もっと大切なことは、この遺志にふれた一人ひとりが、

「いま置かれた立場で、いかに生きるか？」

ということを自身に問い続け、その問いを胸に未来につなげていくことだ。

あなたの勇気ある一歩が時代を変える。

その勇気の連鎖がやがて必ずあなたのまわりを、そして日本、世界を明るくする。その視点で考えたとき、はじめてあなたは部外者ではなく、歴史の当事者となる。

この本は、あなた一人だけではなく、親子で、夫婦で、家族で、恋人同士で、そして会社やコミュニティといった、あなたの大切な人たちと読んでいただけると嬉しい。

そして今回、新装版の出版に感謝をこめて、２０２２年8月15日、終戦の日にきずな出版で行われたオンライン講演会「人生に迷ったら知覧に行け」の動画の一部をプレゼントさせていただくことになった。ぜひ大切な人たちと視聴していただけると、この本の理解、そして臨場感をさらに感じていただけると思う。

そしていつか、あなた一人で、もしくはあなたの大切な人たちと知覧に行き、そこで感じたものを一人でも多くの人たちに、あなたが伝えてほしい。

その思いから、巻末に知覧のご案内を掲載したので、ぜひガイドブックがわりに。

最後になるが、これまで、この『人生に迷ったら知覧に行け』を応援してくださった、この本に関わる方たち、きずな出版をはじめとして、全国の書店、取次店の皆様、そしてなにより読者の皆様に心からの感謝を伝えたい。

いつかあなたと知覧でお会いできますように。

戦後78年、２０２３年5月

知覧の遺志の継承者の一人として

永松茂久

特典

本書をお読みくださったあなたへ

## 感謝の気持ちを込めた
## 無料読者特典のご案内

特別動画

**人生に迷ったら知覧に行け** mp3

- 本書読者だけの限定公開
- 永松茂久の貴重な講演映像
- 心ゆさぶる感動秘話

詳細はこちらよりアクセス

https://www.kizuna-cr.jp/lp/chiran_gift/

※特典の配布は予告なく終了することがございます。予めご了承ください。

# 知覧概略図・知覧へのアクセス

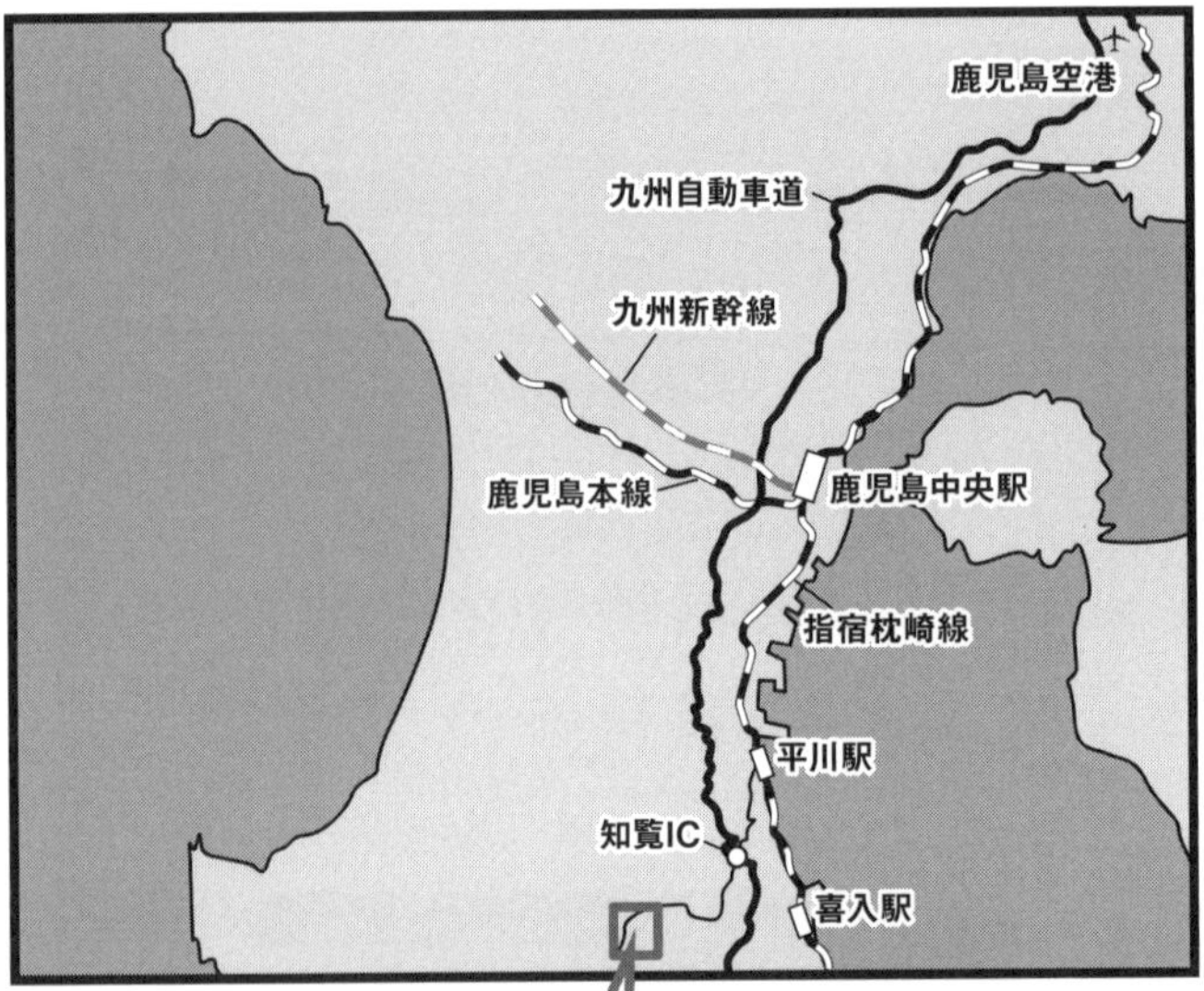

東京駅・新大阪駅・博多駅から新幹線でお越しの方

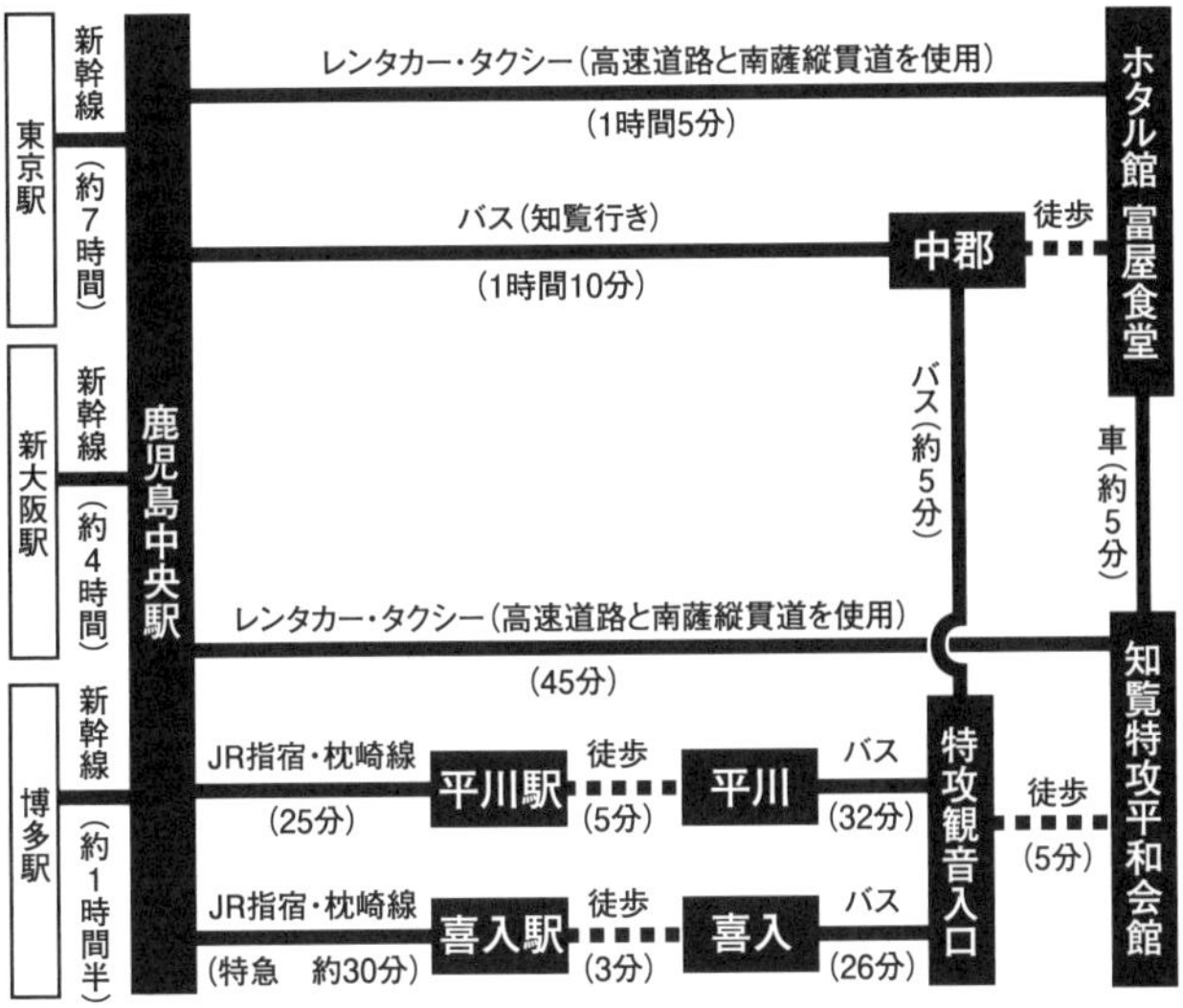


羽田空港・大阪国際(伊丹)空港から飛行機でお越しの方

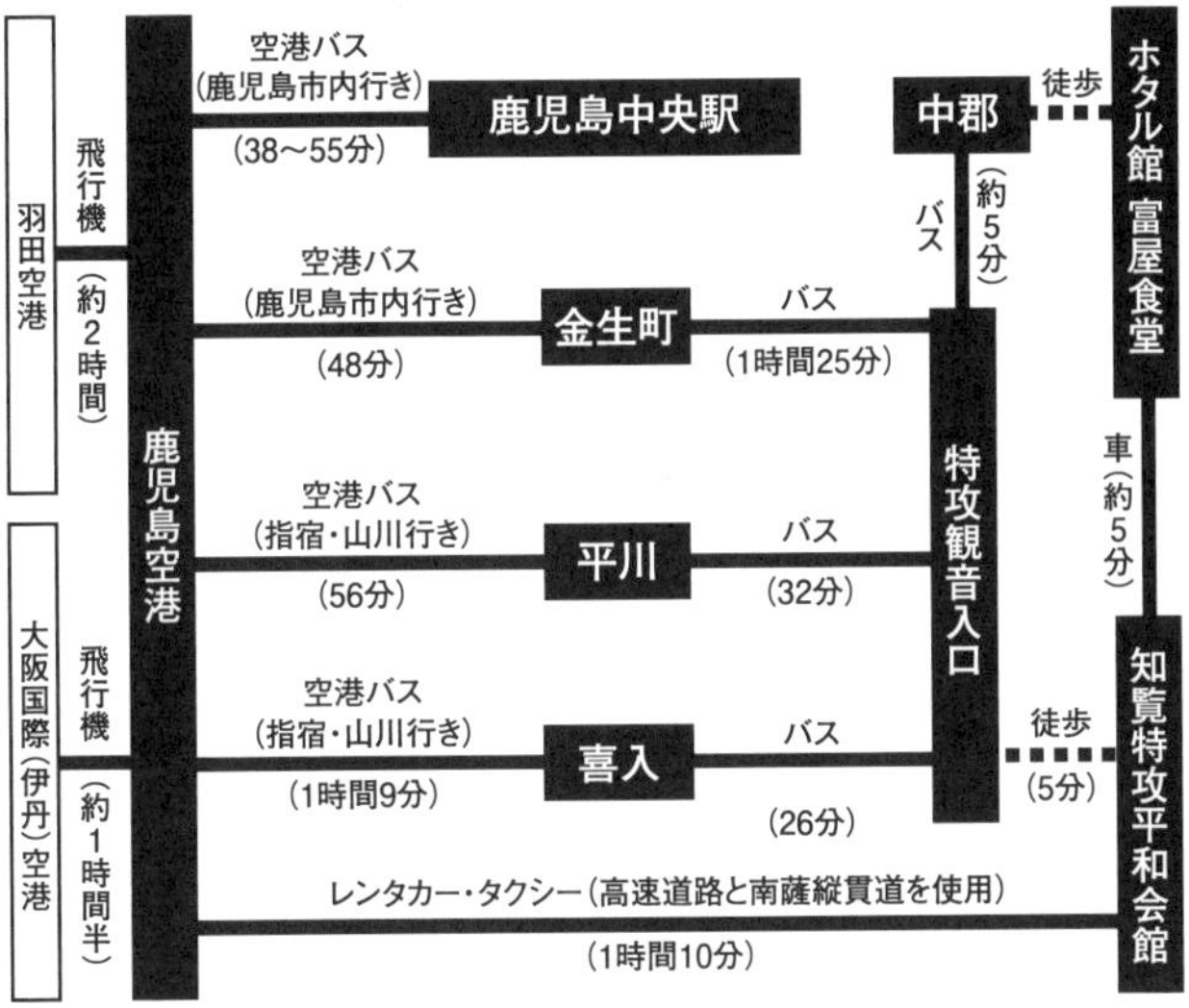

# 富屋食堂 ホタル館

特攻の母として隊員たちから慕われた鳥濱トメの生涯と、特攻隊員とのふれあいの遺品や写真などを展示し、これまで語られなかった特攻隊員の真実を伝えている。

当時の富屋食堂を復元し、資料館として公開中。予約で鳥濱拳大館長の講話も聴講できる。

住所／鹿児島県南九州市知覧町郡103-1
TEL／0993-58-7566
URL／https://tokkou-no-haha.jp/

# 知覧 特攻平和会館

陸軍特別攻撃隊の遺影や遺品、記録など貴重な資料をはじめ、特攻隊に関する様々な資料を展示している資料館。遺書や当時の状況を知る事で、特攻隊員の思いを感じる事ができる。
桜並木や観音堂などもぜひ訪れてほしい。

住所／鹿児島県南九州市知覧町郡17881
TEL／0993-83-2525
URL／https://chiran-tokkou.jp/



# 富屋食堂 知覧茶屋

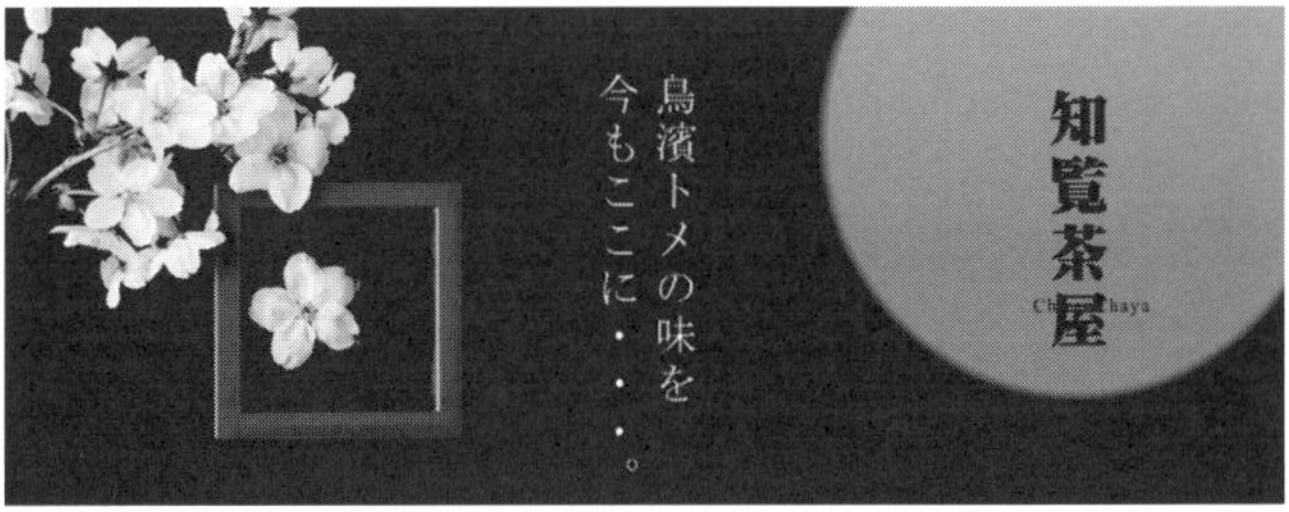


知覧茶屋は、特攻の母「鳥濱トメ」の味をそのまま引き継いだお店です。
鳥濱トメが振る舞った味そのものを今に受け継ぎ、実の曾孫である鳥濱拳大氏が、
ここでしか味わえない"本物の味"を特攻平和観音堂すぐそばでご提供しています。

住所／鹿児島県南九州市知覧町郡17856
TEL／0993-83-4774
URL／https://tokkou-no-haha.jp/

# 永松茂久

ながまつ・しげひさ

株式会社人財育成JAPAN 代表取締役。


大分県中津市生まれ。2001年、わずか3坪のたこ焼きの行商から商売を始め、2003年に開店した「ダイニング陽なた家」は、口コミだけで県外から毎年1万人を集める大繁盛店になる。自身の経験をもとに体系化した「一流の人材を集めるのではなく、今いる人間を一流にする」というコンセプトのユニークな人材育成法には定評があり、全国で多くの講演、セミナーを実施。「人の在り方」を伝えるニューリーダーとして、多くの若者から圧倒的な支持を得ており、講演の累計動員数は60万人にのぼる。2016年より、拠点を東京都港区麻布に移し、現在は経営、講演だけでなく、執筆、人材育成、出版コンサルティング、イベント主催、映像編集、ブランディングプロデュースなど数々の事業を展開する実業家である。
著作業では2020年より、ビジネス書部門の年間累計発行部数で国内著者ランキング1位を3年連続で獲得。著書に100万部を突破した『人は話し方が9割』(すばる舎)のほか、『感動の条件』(KKロングセラーズ)、『在り方 自分の軸を持って生きるということ』(サンマーク出版)、『喜ばれる人になりなさい』(すばる舎)、『20代を無難に生きるな』『30代を無駄に生きるな』『人生を言いなりで生きるな』『男の条件』『感動だけが人を動かす』(きずな出版)など、累計発行部数は345万部を超える。

永松茂久公式ウェブサイト
https://nagamatsushigehisa.com

# 人生に迷ったら知覧に行け

## 流されずに生きる勇気と覚悟

2023年6月1日　新装版第1刷発行

著　者　永松茂久
発行者　櫻井秀勲
発行所　きずな出版
〒162-0816 東京都新宿区白銀町1-13
電話03-3260-0391
振替00160-2-633551
https://www.kizuna-pub.jp/
印刷・製本　モリモト印刷
装　幀　小口翔平＋畑中茜＋青山風音（tobufune）


ISBN978-4-86663-211-7